A toutes ces personnes qui n'ont jamais cru en moi

A toi, amour avec un grand A

Préface

Me voici, à contempler le livre de mes rêves. Le livre que j'ai écrit, moi, seule, durant 3 ans. Je n'étais qu'une gamine de 13 ans lorsque j'ai commencé à écrire le début de cette histoire palpitante qui me faisait rêver tant à moi qu'à vous chers lecteurs.

J'y voyais alors naître petit à petit les personnages que j'avais créés et que j'avais désirés du plus profond de mon cœur. Que parfois vous admirerez, vous aimerez, vous détesterez, vous pardonnerez.

Ecrire, tout simplement lorsque le besoin nous y mène, lorsque l'envie nous y plonge et lorsque l'inspiration nous y conduit. Ecrire ce n'est pas seulement mettre des mots bout à bout dans l'espoir d'y voir naître un bout d'histoire. C'est dans l'espoir d'y voir naître notre Histoire avec un grand H.

Se sentir fort, puissant et maître du monde.
Chaque lettre, chaque syllabe, toutes les secondes
Je tâcherais d'y faire naître un nouveau monde
Dans lequel pourrait être vivante la Joconde
Prends-moi la main et viens danser
Sur mes plus belles phrases ambiancées
Je te tiendrais jusqu'à la fin
Que tu me lises de bon matin
Je te promets de t'aimer
Mais faudrait-il d'abord m'apprécier
Que tu y vois naître ton histoire
Que mes pages ne forment qu'un miroir

1-

29 octobre 2004
;6h55

- Monsieur Paterson ?

Je tremblais, j'avais bu une bouteille entière de Whisky, mes mains sentaient l'alcool et mes yeux étaient rouges. Cela faisait bientôt huit heures qu'Irine était au bloc.

- Oui, c'est moi. Je me suis levé, difficilement, je suis un peu saoul.
- Nous avons réussi à opérer votre femme dans le but de faire naître votre enfant. J'ai une bonne et une mauvaise nouvelle.

Qu'allait-il me dire ? J'étais à deux doigts de m'évanouir avec tous les verres que j'ai bus. Il suffisait d'un petit choc émotionnel et c'en était fini pour moi.
- Votre petite fille a été mise en couveuse et il est garanti à quatre-vingt-dix-neuf pourcents qu'elle va pouvoir vivre sans difficulté et que nous pouvons la guérir. Mais…
- Mais quoi ? Accouchez bon dieu ! Je n'ai déjà pas toute ma tête et je risque de m'endormir sur place alors dîtes moi tout.
- Votre femme, Irine Ansen n'a pas survécu à l'opération. Je suis désolé monsieur Paterson.
Je me suis assis. Je suis abasourdi. Je lui ai demandé de répéter. Je n'y crois pas. Je pleure. Je pleure comme aucun homme n'a jamais eu le courage de pleurer. Je crie.
-Bordel ! Vous n'êtes pas fichu de faire votre boulot ! Vous avez tué ma femme, vous êtes des monstres.

Tout en continuant à crier, des hommes de sécurités sont venus me chercher. Ils me trainent, pieds pendants au sol, je pleure encore. Je sais qu'ils avaient fait tout leur possible mais je devais tenir quelqu'un pour responsable de ce qui est arrivé. Je ne voulais pas y croire.

- Je vous hais ! Vous méritez de mourir, de comprendre ce que je vis. Comment me laissez-vous vivre avec ma fille sans femme, sans mère ! Espèces de monstres. Merde ! Connards !

Ils m'ont emmené dans une salle, Irine était là, allongée, sans âme, sans vie, morte.

- Ce n'est pas possible.

- Nous avons tout essayé monsieur, nous avions réussi à sortir votre fille dès la première heure, le reste du temps, nous avons essayé de la sauver, son cœur s'est arrêté de battre dès la sortie du bébé. Malheureusement, elle ne pouvait plus. Nous sommes désolés. Nous vous attendons dans la salle d'opération à votre gauche pour couper le cordon ombilical de votre fille, à moins que vous ne désiriez pas le faire.

- J'arrive. J'arrive. J'aimerai parler une dernière fois à ma femme.

La sage-femme acquiesça et partit. J'étais seul avec elle. Pour la dernière fois.

- Irine, mon amour. Je n'arriverais pas à te dire tout ce que j'ai sur le cœur. Mais je suis fière de toi. Je suis vraiment, vraiment triste et énervé. J'ai envie de tout foutre en l'air ! Je ne pensais à aucun moment que la vie de notre fille mettrait en péril la tienne. C'est trop tard maintenant. Je ne sais pas si tu peux m'entendre mais j'espère qu'au fond de tes dernières pensées tu savais que je t'aimais, et je t'aimerais toujours.

Je prends sa main. Des larmes chaudes coulent sur mes joues rouges.

- Même si tu n'es plus là, je sais que tu m'aurais dit d'être fort, de rester l'homme que je suis et de m'occuper de notre fille comme si tu étais là. Je vais le faire mon amour. Je vais m'occuper d'elle comme nous l'aurions fait. Je l'élèverais comme tout parent fait ! Un jour, elle me demandera où est sa maman. Je lui expliquerais que dans le ciel il y a des milliers d'étoiles et qu'une étoile a laissé sa place à une autre pour la laisser vivre.

Je t'aime.

Je me suis effondré en larmes. Ma vie allait décidemment changer à tout jamais.

- Monsieur Paterson ?

- J'arrive. J'essuie mes larmes et laissai un dernier baiser sur son front.

J'entre dans la salle. Ma fille était là. Si belle, si petite. Je voyais pour la première fois son visage, seul.

Il ne fallait plus que couper le cordon. Je m'y chargeai, tout tremblant, en pleurant.

- Juste ici monsieur.

COUP ! Voilà, ma petite fille magnifique. Aussi vite mise en couveuse.

- Comment s'appelle-t-elle ?

Je me suis retournée pour regarder une dernière fois Irine derrière la porte et j'ai déclaré, larmes aux yeux.

- Sasha, oui, Irine voulait l'appeler Sasha.

14 ans après

29 octobre 2018

- Allez ! Souffle tes bougies ma chérie.

Toute la famille applaudit.
- Elle n'est pas magnifique notre petite Sasha !
- Mamie, je suis grande maintenant j'ai quatorze ans !
- Oui mais admet que tu es magnifique mon ange.

Il y avait ses grands-parents de mon côté, Maurice et Garance. Son oncle Léopold. Ses autres grands-parents Honorine et Hervé et un de mes grands amis, Jawad.
- Et mes cadeaux papa ?
Trop préoccupée par ses cadeaux, elle en oublie l'importance de la présence de ses proches.
- Ça arrive, ça arrive !
Un énorme sac rempli de cadeaux arriva dans la salle à manger.
- Tout ça pour moi ?
Elle avait les yeux qui pétillaient, pourtant tous les ans elle est gâtée, même trop.
- J'ouvre lequel en premier ?
- Celui que tu veux Sasha !
Elle prit une boîte au hasard.
- Mais qui donc lui a offert ce cadeau ? Je ne le reconnais pas. Et malgré mon âge, je ne perds pas la tête !
Normal que mamie Garance ne le reconnaisse pas. Il ne vient de personne autour de cette table. En revanche moi, je sais à qui ce

cadeau appartient. Sasha lut l'étiquette accrochée sur l'emballage.

- Maman ?

Il y eut un blanc. Tous les vieux se regardèrent. Se disant qui a fait cette blague plutôt pourrie pour une gamine sans mère.

- C'est quoi cette blague ? Ce n'est pas drôle, pas drôle du tout !

Elle avait envie de pleurer.

- Ma chérie, ouvre le cadeau.

Elle déchire délicatement le papier.

Voilà, elle pleure.

- Qu'est-ce que c'est ?

- Une vidéo de ta mère et moi, quand nous avons découvert que tu existais.

Elle fixait le CD, sans bouger, à contempler un souvenir de sa maman qu'elle n'avait jamais pu serrer dans ses bras.

Elle essuya ses larmes, respira profondément puis dit enfin ;

- Je n'ai pas envie de le regarder maintenant.

Je n'ai pas cherché à comprendre le pourquoi du comment. Sans doute ça la rendrait triste. Et que ça gâcherait même son anniversaire.

- Les autres cadeaux ?

Personne ne savait quoi dire. Papi Hervé essaya de détendre l'atmosphère, mais le fait d'avoir reparlé d'Irine nous faisait tous repenser à elle. Encore plus ses parents présents.

- Tiens ma chérie, ce cadeau est le mien.

Elle attendait ce cadeau depuis son dernier anniversaire, elle m'en parlait tout le temps, me faisait des sous-entendus, me montrait sur internet le site qui en vendait, et ça y est, elle va enfin l'ouvrir !

- Ah… génial.

Quoi ? Génial, elle a bien dit génial ? Ce n'est pas la réaction que j'attendais pour tout vous dire.

- Qu'est-ce qu'il y a ? Ce n'est pas ça que tu voulais ? Tu m'as pourtant soûlé pendant un an pour l'avoir et tu l'as eu ton nouveau téléphone !

J'ignore pourquoi, mais elle s'est énervée.

- Quoi ? Qu'est-ce qu'il y a ! Je t'ai tant soûlé comme tu dis ! Alors pourquoi tu me l'as acheté si je t'ai tant énervé ? C'est bon, j'ai dit que c'était génial. Tu veux quoi de plus ? Que je cris sur le toit que j'ai enfin eu mon putain de téléphone !

La réaction de Sasha était étrange, elle n'est pas du genre à s'énerver pour un rien, forcément, quelque chose n'allait pas, et forcément, ça n'avait pas de rapport avec le smartphone.

- Si tu n'arrives pas à reprendre ton calme tu montes dans ta chambre. Ce n'est pas parce que c'est ton anniversaire que tout t'est permis !

- Qu'est-ce que tu veux ? Tu veux que je disparaisse ?

Je connaissais la fin de sa phrase.

- Tu veux que je disparaisse comme maman !

Elle a jeté sa boîte contenant son téléphone, est montée dans sa chambre avec le CD de sa mère et a claqué sa porte.

Je me suis assis sur une chaise. C'était la première fois qu'elle parlait de sa mère en s'énervant.

- Ce n'était pas une bonne idée ce CD Joshua, pas du tout. Me dit Jawad tout en s'asseyant à mes côtés. Elle est trop jeune !

- Elle a quatorze ans Jawad, quatorze ! A son âge, moi je faisais ma lessive tout seul. Personne ne m'aidait, et toi non plus, nous étions matures !

- Joshua, Joshua ! Elle a perdu sa mère, elle ne l'a jamais connue. Comment peux-tu être aussi dur avec elle ?

- Jawad, tu exagères franchement. Je ne suis pas dur. Tu as vu comment elle a réagi quand je lui ai offert son cadeau ! Bordel ! Ce n'est pas son style.

- Ce n'est pas le téléphone le problème, c'est ce CD.

- C'est censé être un beau cadeau, le plus beau ! J'attends ce jour depuis sa naissance ! Il y a Irine dessus, sa mère et moi étions à la première échographie. J'avais filmé la scène. Irine dit qu'on lui montrera tous les deux cette vidéo quand elle sera grande, durant son quatorzième anniversaire. Aujourd'hui, elle a quatorze ans, et même si le « nous deux » se transforme en « moi seul » je lui ai offert comme un cadeau de la part de sa mère. C'était si important pour nous, pour elle, pour moi !
- Allez viens là.
Il me prit dans ses bras et me frappa gentiment le dos.
- Elle te manque Irine. Je sais mais il ne faut pas repenser au passé. On sait tous que c'est dur. Et ce n'est pas en te disant que ça va aller qu'elle reviendra. Mais tu as une magnifique et adorable jeune femme à tes côtés, ta fille. Et ce n'est pas elle qui va te réconforter quand ça ira mal, car elle vit la même chose que toi et c'est à toi aussi de la réconforter quand ça ne va pas. Comme aujourd'hui.
- Tu as sans doute raison, Irine n'aurait pas voulu que je reste à m'acharner sur son sort. J'ai notre enfant, et je ne dois pas passer pour un faible à ses côtés.
- Allez ! Je vais partir, tu dois aller parler à Sasha.
Je lui ai tapé une bise et il est parti. Tous les autres étaient partis pendant notre discussion, c'est vrai que l'anniversaire ne s'est pas vraiment déroulé comme prévu. Ils ont préféré la fuite.
Je suis monté et j'ai toqué à la porte.
- Sasha ? Je peux entrer ?
Elle était allongée sur son lit. Je me suis assis à côté d'elle et j'ai essuyé ses larmes.
- Ça ne va pas ?
- J'ai plutôt l'impression que c'est toi qui ne vas pas bien.
- Tu as raison, moi ça ne va pas tous les jours, mais tu me donnes l'envie de continuer, de ne pas laisser tomber.

- De ne pas laisser tomber quoi ?

- Cette guerre contre la tristesse. Tous les jours, je ne passe pas une seule minute sans penser à ta maman. C'est vraiment horrible, je pleure souvent et pourtant dieu sait que je suis un homme. Mais tu es là toi, tu me donnes le sourire et puis tu es la dernière chose qui me reste de ta mère. Je lui ai promis de continuer à vivre, pas comme si de rien n'était mais comme si tu avais une mère.

- Mais je n'en ai pas.

Je pris sa main et la posa sur son cœur.

- Si, là.

Elle sortit le CD de sous son oreiller.

- Tu ne veux toujours pas regarder la vidéo ?

- Non. Je ne me sens pas capable.

Je l'embrassai sur le front.

- Tu ne vas tout de même pas me laisser nettoyer tout seul le salon ! C'est votre anniversaire mais je ne suis pas à votre service majesté.

Elle me lança un petit sourire farceur.

- Attendez, mais je dois en plus nettoyer le salon ? Je ne vous ai pas aidé à mettre en place la décoration mais alors je ne vous aiderai encore moins à tout nettoyer !

- Ah oui ? Madame ne veut pas écouter les ordres de son supérieur ?

Je la pris sur mon dos et couru jusque dans le salon. Je la lançai sur le canapé et la chatouilla.

- Tu as gagné je vais t'aider, mais par pitié arrête cette torture !

Irine était la femme la plus folle que je connaissais, elle rigolait tout le temps et encore plus lors des chatouilles. Elle avait l'âme d'une enfant. C'est ce qui m'a attiré chez elle en plus de sa beauté superficielle et de son incroyable imagination. Elle était déjà ma copine au collège, c'était déjà sûr. On formait un duo de choc !

Dur comme le roc. J'étais fou amoureux d'elle dès la cinquième. En troisième, à la saint valentin, j'avais mis une rose dans son casier ainsi qu'une lettre. Elle l'a ouvert puis déchiré l'enveloppe qui contenait le mot. Elle lut. C'était écrit ; « Tu es celle qui me donne le courage d'y croire, celle qui me donne l'envie de me battre contre cette souffrance qui s'appelle l'amour. »

Elle s'est retournée et m'a regardée. Elle était toute rouge et m'a dit « une souffrance, l'amour ? ». Je me suis approchée d'elle et l'ai embrassée directement ; « plus maintenant ». Depuis ce jour, nous étions inséparables, liés, et nous nous aimions. Après le lycée, on ne se voyait plus souvent car nous étudions dans des universités différentes, mais nous avions toujours des contacts. C'était impossible de l'oublier, impossible de ne plus l'aimer. Nous n'étions pas mariés, j'attendais seulement le bon moment pour lui faire ma demande, malheureusement je ne pourrai jamais. Le jour où Irine a découvert qu'elle était enceinte, c'était magique. Nous étions parfaitement prêts à devenir parents. Durant le septième mois de grossesse, le gynécologue a découvert que le bébé avait avalé du liquide amiotique et qu'Irine devait tout de suite aller à l'hôpital pour la faire naître car c'était grave. Nous y sommes directement allés. Irine commençait à souffrir, le bébé aussi surement. Ils l'ont emmenée en bloc opératoire pour une césarienne. C'était le 29 octobre 2004.

Un homme est venu me chercher dans la salle d'attente. Et c'est là qu'il m'a annoncé.

La naissance de Sasha et le décès d'Irine.

1 novembre 2018
;16h25

- Sasha ? Tu n'oublies pas tes médicaments à 16 heures 30 !

J'étais très stricte sur ça. Ces médicaments sont essentiels à sa survie. Elle est née prématurée. Elle doit prendre un médicament menstruel pour vivre. Son poumon droit n'était pas assez développé et elle doit suivre un traitement pour pouvoir respirer normalement. Ce qu'il se passe quand elle oublie de le prendre ? Il ne faut juste pas qu'elle oublie ! Je ne préfère pas en parler, faisons les choses qu'il faut et tout ira bien.
- Et tu n'oublies pas non plus après les cours de venir me rejoindre chez le médecin, c'est ta visite du mois.
Je rabâche, je rabâche.
- Oui papa, je sais, comme tous les mois depuis que je suis née. C'est devenu mon chez-moi ce cabinet.
- Tu sais très bien que tu n'as pas le choix et que l'on ne peut pas faire autrement tant que le médecin ne nous aura pas dit le contraire.
Elle doit comprendre, elle n'a pas le choix.
- Je sais bien.
- Déjà, tu as une chance inouïe d'être ici aujourd'hui. Tu sais bien que tu avais avalé du liquide amiotique et que tu es donc née à sept mois. Normalement, ils n'arrivent pas à récupérer le bébé vivant Sasha. Et toi, ton cœur battait encore et il n'était pas trop tard.
Elle ne disait plus rien. J'ignore si je l'ai énervée ou attristé.
Elle respira profondément.

- Ecoute, tu me dis tous les jours que je suis un miracle. Que normalement je ne devrais pas être vivante. Tous les jours tu me dis la même chose !

Son ton s'éleva.

- C'est agaçant à la fin ! J'ai compris que je suis chanceuse mais qu'est-ce que tu veux ? Que je remercie le ciel tous les jours d'exister ! On dirait que ça t'embête que je sois vivante. Je ne t'ai causé que des problèmes depuis ma naissance. Tu penses au fond de toi que j'ai tué maman. Tu aurais préféré que je n'existe pas et que ce soit elle qui continue à vivre ! C'est ça que tu voulais ?

Je ne sais comment réagir face à ça. Alors je dis ce que je dis à chaque fois.

- Tu deviens folle ? Tu n'as pas le droit de dire que je ne te voulais pas. Et ne viens pas mettre ta mère par-dessus tout ça ! Bordel ! Je sais que c'est dur pour toi et c'est énormément dur pour moi alors je t'interdis de dire que tout cela est à cause de ta maman !

- Quel maman ? Je ne la connais pas. Pour moi c'est juste la femme qui m'a portée, et même ça elle ne l'a pas bien fait, je suis née à sept mois au lieu de neuf !

Elle avait osé !

- Tu penses vraiment que si nous avions eu le choix, nous aurions choisi ça ? Moi aussi je commence à en avoir marre que tu parles tous les jours de ta mère. Ça ne sert à rien de t'acharner là-dessus.

Elle s'est calmée.

- Mais c'est dur de ne pas être comme tout le monde. A chaque fois qu'un prof parle de mère, tout le monde me regarde, même les professeurs s'excuse alors que je n'aurais peut-être pas réagi.

- Je sais c'est vraiment difficile, mais on n'y peut rien.

Tous les jours Irine apparait dans nos discussions. Quelquefois, Sasha est triste, et parfois elle est énervée. Comme si le destin s'était acharné sur elle pour qu'elle ait une vie de merde. Mais sa vie n'est pas si merdique. Pourquoi s'acharner sur une vie qu'on aurait voulu avoir alors que l'on ne peut rien changer. Si nous sommes comme ça, c'est que le destin a voulu que l'on soit ainsi. Et Sasha le vit très mal, en même temps il faut la comprendre. Elle n'a que quatorze ans et puis aucun de ses amis n'est dans son cas. Elle, elle a l'image de la famille parfaite ; deux parents et des enfants. Mais ce n'est pas toujours le cas. Comme nous.

- Tu ne m'avais pas parlé d'une fête avec tes amis pour ton anniversaire ?
- Tu veux bien ?
Elle m'a sauté dans les bras et m'a embrassé comme si je lui avais offert la lune.
- Merci papa, je t'aime.
- Je t'aime aussi ma chérie. Et surtout n'oublie pas !
Ne te préoccupe pas du passé mais plutôt du présent pour que le futur passé soit parfait.
- Pourquoi tu dis tout le temps cette phrase ?
- Parce qu'elle est vraie ! C'est logique et si puissant. Tu regrettes toujours des choses que tu as fait dans le passé, mais tu ne peux pas les changer. Alors que si tu essaies que le présent soit parfait alors ton futur passé sera parfait comme tu le souhaites.

Elle prit une feuille d'un tiroir et me la mit sous le nez.
- Alors papa. J'avais prévu dix personnes à ma fête, dont quatre garçons et six filles ? Des commentaires ?
Elle savait que je céderai à sa petite fête.
- Oui, tu m'enlèves les quatre garçons et tu me gardes les six filles et si mes calculs sont justes, ça devrait te faire six invités.
Je lui lance un petit sourire. Elle, plutôt l'inverse.
- Non mais tu n'es pas sérieux quand même ?
- Bien sûr que non, je rigole. Mais je veux leurs parents !

- Ah ah ! Non mais tu peux toujours rêver, on a quatorze ans, plus dix ans alors ils les déposeront devant et je m'occupe du reste.

2 novembre 2018
;15h24

Je suis psychologue dans un cabinet pas très loin de chez moi, j'y travaille tous les jours sauf le dimanche ainsi que le mercredi après-midi. Depuis que je fais ce métier j'ai reçu de nombreux patients dans tout genre. Une vieille dame est venue me voir parce qu'elle ne dormait plus, un jour elle est revenue en me disant qu'elle était guérie, elle m'avait dit ;
« Je n'arrivais plus à dormir parce que mon matelas n'était pas assez mou » Je ne savais pas quoi dire. Après tout c'est elle qui avait claquée son fric pour rien.
Aujourd'hui, j'ai rendez-vous avec une jeune femme. Elle vient pour la première fois. Je ne l'ai encore jamais vu au paravent, seulement sa voix douce au téléphone.
- Vous pouvez entrer madame.
Elle entra. Bouche bée, je fus bouche bée. Elle avait un pantalon un peu trop moulant, un tee-shirt bien taillé qui faisait ressortir sa poitrine. Une jolie queue-de-cheval blonde, et de magnifiques yeux noisette.
- Je m'assoie où ?
De jolies pommettes faisaient ressortir ses tâches de rousseurs.
- Vous allez bien monsieur ?
Comme dans un rêve.
- Oui, excusez-moi, vous disiez ? Ah, oui ! Asseyez-vous ici.
Le bruit de ses talons résonnait dans toute la salle. Elle mordait ses lèvres en souriant à la façon d'un ange.
- Nom, prénom, date de naissance.
- Daphné, Daphné Delange. 8 juillet 1978

Quarante ans ? Je lui en aurai donnée dix de moins.

- Très bien, allongez-vous sur le siège à côté, nous allons pouvoir commencer.

- J'espère que vous n'êtes pas comme tous ces cons de psychologues qui essayaient soit de me prendre toute ma tune, soit me draguer jusqu'à vouloir coucher avec moi après quelques rendez-vous ! J'en ai déjà fait quatre des psys, et bien ce n'est pas pour vous dire ! Mais des obsédés y'en a pas qu'un !

Petit caractère.

- Evidemment madame, vous ne me l'apprenez pas. Mais moi, je reste complètement professionnel.

Putain ? Mais qu'est-ce-que je dis ! Complètement professionnel ? J'ai qu'une seule envie c'est de lui sauter au cou.

- Continuons je vous prie. Que me vaut votre présence ?

- Et bien, depuis quelques mois, je ne vois plus la vie comme avant, je me sens perdue, j'ai l'impression que la vie devient super difficile. Tout change, le monde n'est plus pareil. J'ai peur de tout, de mourir, de vivre, d'être entourés de mauvaises personnes. J'ai perdu mes amis. Au fond, on ne peut faire confiance à personne. Le monde est cruel et sans pitié. Un jour tout le monde t'aime, et le lendemain le monde est contre toi. Tu vas être heureux et tu vas pleurer. Tu vas vouloir vivre et en même temps vouloir mourir. Je me pose tellement de questions sur la vie, sur tout ! Pourquoi ? Pourquoi avoir créé la Terre si c'est pour qu'elle disparaisse un beau jour, pourquoi existe-t-on ? On vient d'où ? Comment on peut avoir une pensée, comment on peut avoir des sentiments ? J'ai l'impression que nous sommes dans un jeux vidéo et que l'on nous dit ce que l'on doit faire. Que tout est calculé. Qu'en vrai tout ça ce n'est rien, ça va être oublié, on va tous disparaître et on aura même plus de penser, on ne se rappelle pas de ce qu'il y avait avant nous mais on ne se rappellera de rien après nous.

Je n'ai aucun mot. Des souvenirs plongent ma mémoire.

Quand j'étais un enfant, je me suis posé ces questions des millions voir des milliards de fois dans ma tête A chaque fois, je pleurais, je m'effondrai dans mon lit sans le dire à personne. Ça m'a toujours terrifié de ne pas savoir pourquoi tout ça. Mais moi ce qui me faisait surtout peur, c'était la fin ; la mort. En vrai, je le suis toujours, je suis atteint d'une thanatophobie, depuis mes douze ans.

Je la rassure donc.

- C'est normal madame ce que vous ressentez.

- Non ce n'est pas normal ! Tous les jours je ne pense qu'à ça, je souffre. Je pleure tout le temps.

- Je vous dis que c'est normal !

- Comment ça normal ? Vous n'êtes qu'un incompétent à ce que je vois ! Je ne suis pas venue consulter un psychologue pour qu'il me dise que je vais bien et que c'est seulement normal.

Dans ce cas, oublier le professionnel et se pencher sur le côté personnel est la solution.

- Madame. Moi aussi je connais ça, j'en ai pleuré aussi. Quand j'étais petit, encore maintenant pour tout vous dire. Je me pose énormément de questions aussi bien la nuit que le jour. Et c'est difficile. C'est difficile d'admettre que l'on ne trouvera jamais de réponses à nos questions.

- Vous dites ça juste pour ne pas me faire croire que je suis folle.

- Et vous ne l'êtes pas. Ecoutez, je n'aime vraiment pas en parler mais je suis père d'une charmante jeune fille qui n'a pas de mère. Ma femme est morte pendant l'accouchement.

- Je ne savais pas.

- Depuis que je suis petit j'ai une peur immense de la mort, je suis atteint de thanatophobie on dit. Et le jour où elle est partie, cette phobie est revenue. Donc, croyez-moi, je sais ce que je dis. Je suis désolé, mais personne ne comprend ce que j'éprouve profondément.

- Je suis désolée.

Elle venait d'ouvrir un bouton de son décolleté comme si le fait d'avoir entendue que j'étais veuf la rendait heureuse.

- Avez-vous vu un psychologue étant petit ?

- Non, j'en avais honte et je pensais que ça allait passer. Trente ans ! Trente ans que cette foutue phobie me hante sans cesse.

- Joshua c'est ça ?

- Oui.

- Joshua, je comprends très bien ce que vous ressentez, je me pose de nombreuses questions à propos de cette putain de mort, j'en ai peur !

- Oui. C'est pour ça que vous êtes là à ce que je sache Daphné.

Mais qu'est-ce qu'elle me fout celle-là ? Pourquoi veut-elle me rassurer, m'aider, me dire que je ne suis pas le seul ? Revenons d'abord à nos moutons, elle et sa peur du mystère.

- Madame Delange, revenons sur votre cas.

- Daphné, je préfère que vous m'appeliez Daphné. Et puis tutoyons-nous je pense que ça sera mieux pour nous, pour l'ambiance.

Me tutoyez ? Elle me drague ou je rêve, et puis quoi encore ? C'est un rendez-vous médical, une séance de psychologie et elle, elle me demande quoi ? De nous tutoyez, de l'appeler par son prénom ?

- Daphné, enfin, madame Delange, je ne voudrais pas vous blesser, mais nous sommes à un rendez-vous médical alors je vous demanderai de rester sur le but de votre présence, votre phobie, votre peur, votre frustration.

Elle raccrocha son bouton de tee-shirt, déçue, sans doute.

- Très bien. Donc vous disiez ?

Elle fixait un point devant elle comme un enfant ferait lors d'une dispute avec ses parents qui auraient refusés de lui offrir un jouet.

- Avez-vous eu un choc émotionnel durant ces quelques mois ? Quelque chose de troublant, qui vous aurait marqué ?

- Non.

C'était un « non » ferme, net, et précis.

- Avez-vous perdu quelqu'un récemment ?

- Non.

Elle me chauffe sérieusement, je suis patient, mais il y a des limites.

- Même pas un animal ?

- Non.

C'en ai trop !

- Ecoutez ma petite dame, vous avez pris rendez-vous avec moi pour comprendre votre problème, alors j'aimerai bien que notre séance se passe pour le mieux. Vous êtes sans doute déçu de ne pas avoir réussi à m'apprivoiser, vous aviez sans doute envie de me sauter dessus dès la première minute. Mais je suis désolé, il faudra passer son tour et si vous avez décidé de coucher avec tous les professionnels avec lesquels vous comptiez avoir un rendez-vous sérieux, professionnel et médical, je tiens à vous dire qu'avec moi, vous perdez votre temps !

Daphné se redressa et dit :

- Très bien ! On va commencer à bosser ou alors on va continuer à se tourner les pouces à attendre que l'heure passe comme un élève en cours d'histoire ?

- C'est bien ce que j'attends depuis le début chère Madame.

- Et bien commençons.

Commençons, au bout d'une demi-heure.

- Reprenons nos questions, répondez franchement et ça restera secret, tout ce qui rentre dans cette salle n'y ressort pas bien évidemment.

Le but d'une séance de psychologie.

Elle acquiesça.

- Avez-vous eu un choc émotionnel ces derniers temps ?

- Non je vous ai dit !

Je dois creuser au fond de ce petit corps de femme. Comprendre sa frustration, rentrer dans sa tête. Commencez par une question simple.

- Pouvez-vous me parler de votre mère ?

- Ma mère ? C'est une femme comme les autres.

- Non, mais le rapport que vous avez toutes les deux ? Ce que vous aimez chez elle, ses qualités, des défauts.

- On était très proches quand j'étais petite, elle était toujours à vouloir me montrer son affection pour moi. Un jour, j'étais au collège, en quatrième précisément, et…

Elle s'arrêta net.

- Pourquoi je vous parle de ça on s'en fiche.

Ca me semblait intéressent justement.

- Non, non, c'est ça que je veux, allez-y !

- Et bien, j'étais en quatrième et depuis la sixième, la brute du collège m'harcelait tous les jours. Mes amis en avaient peur. Ils n'osaient pas me défendre même si au fond ils en avaient envie. Je ne l'avais jamais dit à maman de peur de leur réaction. Un jour, une de mes copines était allée voir ma mère pour tout lui dire car elle voyait que ça me faisait souffrir et que je ne pouvais rien faire. Des larmes commencèrent à se former au creux de ses yeux. Elle continua ;

-Ma mère est donc venue dans mon collège pour voir le directeur afin de lui parler de ce problème. Le proviseur a commencé à dire qu'il n'y pouvait rien et qu'il n'y avait aucune preuve pour la punir. Maman s'est énervée contre lui disant qu'il n'y a aucune discipline dans ce collège ni d'éducation. Quand je suis rentrée à la maison, je n'étais même pas au courant de la visite surprise de ma mère au collège. Elle me l'a donc dit et ensuite elle a ajouté que le proviseur m'avait interdit de revenir dans l'établissement suite à la discussion qu'il avait eu avec ma mère. Elle m'a donc inscrit dans un collège loin de chez moi. Sachant que l'on n'avait pas assez d'argent pour aller dans un bon collège privé je suis allée dans un collège public où tous les enfants mal élevés vont. C'était horrible, j'avais perdu tous mes amis, mon école, j'avais tout perdu. Ce n'était plus que du passé et c'était terminé. Tout ça de la faute de ma mère ! J'aurai pu régler ce problème toute seule. Je n'étais pas petite et j'aurai trouvé une solution. A partir de ce jour ce n'était plus pareil, je ne lui parlais plus, je ne mangeais plus, notre relation était anéantie. Elle m'avait détruite.

Je lui ai tendue un mouchoir.

- Le problème vient peut-être de là vous voyez ?
- De ma mère ?
- Depuis combien de temps ne l'avez-vous pas vu ?
- Je suis partie de la maison à ma majorité.

C'est-à-dire vingt-deux ans.

- Et pas depuis ?
- Non.
- Vous manque-t-elle ?
- Je ne sais pas.

Le mensonge n'est pas un bon remède à la guérison.

- Sérieusement ?
- Peut-être que oui.

Je le savais.

- Vous vous rendez sans doute compte que la vie va vite et que votre mère vous manque et si vous ne lui reparlez pas un jour il sera trop tard.
- Quel rapport avec le fait que je me pose énormément de questions sur la vie ?

- Vous avez peur du fait que vous ne pourriez jamais la revoir. Et donc cela vous rappelle la mort, enchainé par l'existence et tout cela à un rapport.

- Vraiment ? C'est le manque de maman dans ma vie.

- Oui. Certainement. Vous avez peur qu'elle meure sans que vous n'ailliez pu lui dire au revoir. Vous vous demandez pourquoi la vie est si dure et si courte.

- C'est ça, parfaitement. Merci docteur.

Je connais mon métier.

- Je ne fais que mon devoir. Revenez un autre jour, voir si ça s'est arrangé ? Votre problème.

Et ainsi s'acheva notre séance.

- D'accord. Au revoir monsieur Paterson.

- Au revoir madame Delange.

Elle s'apprêtait à ouvrir la porte.

- Paterson ? Ce n'est pas un nom de film.

- Si. Un film connu.

- Je me disais bien.

Elle me fit un signe de la main et prit la porte.

5

; 18h30

- Tu es rentrée Sasha ?

Personne ne me répondit.

- Sasha ?

Je monte dans sa chambre.

- Tu es où ?

Pas ici. Dans la cuisine ?

- Pourquoi tu ne me réponds pas ?

Peut-être parce qu'elle n'est pas dans la maison Imbécile.

Je l'appelle sur son téléphone.

Décroche ! Décroche !

Une sonnerie de téléphone retentit dans la maison.

Elle a laissé son portable sur la table.

- Mais où est-elle ? Elle doit rentrer à seize heure trente.

Je suis très stricte sur ce qui concerne les heures de retour. Elle rentre juste après les cours en bus. Je ne fais pas confiance à ses amis, ils ont quatorze ans, l'âge bête. Alors hors de question qu'il influence ma fille sur certaines choses ! Elle ne traine pas en dehors du collège à point c'est tout.

J'appelle le collège.

- Oui allo, collège Hu…

- Oui bonjour, je suis le père de Sasha Paterson est-elle encore dans votre établissement ?

- Aucun élève est encore au collège monsieur désolé.

Je raccroche. Je monte les escaliers. J'entre dans sa chambre. Il y a son sac d'école, elle est venue à la maison après les cours puis elle est repartie.

Qu'est-ce qu'elle me fait ?!

J'appelle avec le téléphone de Sasha une de ses copines.

- Oui Sasha ?
- C'est son père, dis, tu ne saurais pas où elle est ?
- Bah si elle est avec… zut ! Je n'ai pas le droit de le dire !
- Tu sais qu'il ne faut pas mentir aux adultes.
- Oui mais Sasha est ma meilleure amie et je n'ai pas le droit de trahir son secret.
- Lina ! Dis-moi où est ma putain de gosse !

La grossièreté envers un enfant n'est pas jolie jolie je sais bien.

- D'accord, d'accord.

Un temps de pause. J'attendais qu'elle parle.

- Alors ?
- Ah oui ! Elle est avec Thomas.
- Thomas c'est qui celui-là ?

Un prénom de garçon à priori.

- Bah c'est son mec !
- Son mec ? Ma fille a un copain ?
- Tout le monde a un chéri à notre âge monsieur papa de Sasha, il ne faut pas s'affoler !

Ne pas m'affoler ? Lina vient de me dire de ne pas m'affoler ?

- Et où est-elle avec ce garçon ?

Je l'entendis souffler à travers le téléphone.

- Je ne sais pas.
- Lina ? J'ai le numéro de tes parents !

Un enfant qui ment c'est flagrant. On ne me la fait pas à l'envers celle-là, je suis psychologue.

- D'accord, ils sont chez Thomas, mais je ne suis pas sûre, je crois qu'elle l'accompagnait juste.

Bingo.

- Donne-moi son adresse !
- Mais ils ne sont peut-être même plus chez lui !
- Lina !

- Mais je ne sais pas moi, regardez dans son téléphone c'est sans doute écrit quelque part, dans leurs messages ?

Bonne idée !

J'ai raccroché. J'ai regardé dans les messages, pas de trace de ce « Thomas ». En revanche, il y a un « Florian ».

Je l'appelle. Ça décroche. Je ne suis pas un psychopathe. Je protège ma fille.

- Oui Sasha ?

- C'est son père, où est ma fille ?

- Où est Sasha ? Je ne sais pas monsieur, elle n'était pas là aujourd'hui.

J'ai raccroché. Elle n'est pas allée en cours ? Mais qu'est-ce-que Lina m'a raconté ? J'ai plutôt l'impression qu'elle s'est foutu de moi depuis le début.

Je pars tôt le jour, dix minutes avant que son bus arrive. Ce matin, elle a dû ne pas le prendre et rester à la maison, ou sortir quelque part. Mais où ?

- Papa ?

C'est la voix de ma fille.

- Sasha ?

Je descends les escaliers à tout allure.

- Tu m'expliques où tu étais ?

- J'étais seulement dehors, dans le jardin.

- Mais comment expliques-tu le fait que tu ne sois pas allée au collège aujourd'hui ?

Elle me fit les yeux ronds, et oui ma petite, c'est revenu à mes oreilles !

- J'espère que tu as une bonne excuse jeune fille !

- Mais papa !

Mais quoi ?

- Mais je suis allée au collège aujourd'hui.

Pardon ?

- Pourquoi tu crois que je n'y étais pas ?
- Et bien, c'est Florian, il m'a dit que…
- Florian ? Tu as bien dit Florian ?

Maladresse ?

- Oui, je l'ai appelé et il m'a dit que tu n'étais pas en cours aujourd'hui.

Elle prit sa tête entre ses mains.

- Papa ! Il n'est pas dans ma classe. Il est en quatrième et aujourd'hui ils sont partis à une sortie scolaire où je n'étais pas ce qui est logique comme je suis en troisième ! Donc aujourd'hui, je n'étais pas avec lui, il ne m'a pas vu !

Que puis-je être bête. Pensez que ma fille sècherait les cours me semblent improbables alors pourquoi ai-je pensé ça ?

- Pourquoi tu t'es inquiété ? Tu ne me fais pas confiance ou quoi ?
- Si, évidemment, mais tu es toujours là quand je rentre du travail alors je me suis fait du souci.
- Et tu n'as même pas pris la peine d'ouvrir une fenêtre pour voir si j'étais dehors ?
- La preuve que non. Mais Lina ? Elle m'a dit que tu étais avec Thomas ton amoureux ? Enfin chérie c'est incohérent tu n'as pas d'amoureux.

Un blanc prit place.

- J'ai raison n'est-ce pas ?

Je voulais avoir raison !

- Thomas ? C'est un garçon de ma classe, bon je vais faire mes devoirs.

Non Sasha, on ne me la fait pas à moi.

- Pas si vite Sasha, je te connais et tu caches quelque chose.

Je ne veux pas avoir raison sur ce coup.

- Bon c'est vrai j'étais dehors dans le jardin avec Thomas.
- Mais vous étiez juste dehors entres amis alors aucun souci.
- Papa, Lina a raison, je suis avec Thomas.

- Tu me l'as déjà dit ça que tu étais avec lui dehors.

- Je sors avec Thomas tu comprends ?

Je ne répondis pas. J'essayai de me rendre compte de la situation.

- Papa ! J'ai quatorze ans, je suis en troisième et je n'ai jamais eu de petit copain jusqu'aujourd'hui.

- Et alors ? Il y a que ça dans la vie, que les mecs ?

C'est impossible.

- Arrête ! Tu étais amoureux de maman en cinquième toi. Mais non, là ce n'est pas pareil, évidemment quand il s'agit de moi c'est grave.

Effectivement, elle n'a pas tort.

- Sasha ! Tu n'as pas le droit d'avoir un copain dans mon dos.

- Mais j'allais te le dire. Tu ne me laisses jamais parler. Et puis c'est tout récent.

Je ne sais pas comment réagir.

- Monte dans ta chambre.

Elle est montée dans sa chambre et a claqué la porte. J'aurai préféré qu'elle sèche les cours finalement, plutôt que ça.

BIP BIP, le téléphone de Sasha. Un message. De Thomas.

« J'ai passé un agréable moment avec toi, je suis heureux de t'avoir rencontrée. »

J'ai composé son numéro, et puis, finalement non. Je ne pouvais pas briser son premier amour. Ça m'aurait déchiré le cœur si mon père avait réagi comme moi. Je me suis mal conduit. Habituellement ce n'est pas aux parents de s'excuser auprès de leur enfant. Mais j'avais un peu foiré sur ce coup. Je toc à sa porte.

- Je peux entrer ?

- Hum.

Son mécontentement était logique et ne m'étonnait pas, j'avais agi comme un con.

- Tu as eu un message de ton amoureux.

- Ne l'appelle pas mon amoureux, il a un prénom et c'est Thomas.

Thomas, oui, j'ai retenu son prénom.

- D'accord ma puce, alors tu as eu un message de Thomas.

- Parce qu'en plus tu fouilles dans mon téléphone ?

- Non pas du tout. Je suis heureux pour toi ma chérie, c'est juste que tu es encore ma petite puce pour moi tu vois. Je ne me rends pas compte que tu grandis et j'ai peur que ton copain te rende malheureuse.

- Mais il est très gentil tu sais.

- J'aurais voulu que tu m'en parles avant tu vois.

- Je voulais te le dire. Mais je sais que tu n'as pas une bonne expérience de l'amour, avec maman.

Sa maman, toujours on en revient à Irine.

- Mais chérie, qui te dit que je n'ai pas eu une bonne expérience de l'amour ? J'ai passé de nombreuses années avec Irine et je ne regrette rien, je ne vais pas te dire de ne pas connaître l'amour car c'est ce qui est de plus beau.

- Merci papa.

Derien Sasha.

-Il pourra venir à la maison pour mon anniversaire ?

J'ai réfléchi un instant.

- Evidemment !

6

10 novembre 2018
; 10h25

Je suis dans mon cabinet, j'attends mon prochain patient.

- Bonjour.
Elle ? Daphné Delange. Je n'ai pas rendez-vous avec elle ? Enfin je crois.
- Bonjour madame ? Que faites-vous là ?
- Oui je sais, je n'ai pas pris rendez-vous mais il fallait que je vous voie.
- Mais j'ai un rendez-vous dans dix minutes.
- Je ferai vite, s'il-vous-plaît.
Elle était habillée très simplement mais d'une façon très élégante, un simple chemisier blanc rentré dans un pantalon bleu ciel faisait ressortir sa petite poitrine. Elle s'était coiffée avec un simple chignon décoiffé qui la rajeunissait. Et d'un maquillage très naturel dont un fard à paupière mettant ses beaux yeux noisette en valeur.
- Pas longtemps alors.
Je ne pouvais lui refuser.
- Merci.
Elle s'est assise sur la chaise en face de moi.
- J'ai revu ma mère hier.
- Votre mère ?
- Mais oui ! Mon problème.
Je ne peux pas me souvenir de tous les problèmes de mes patients. Mais le sien, si je m'en souviens, je me souviens surtout de son jeu de drague.

- Et donc ?
- Eh bien vous aviez raison.
- C'est logique. Je suis psychologue madame.
- Mais je n'ai pas que ça à vous dire.
- Et bien un autre jour, je n'ai pas le temps.
- Alors ce soir ?
- Ce soir ?
- Nous deux. Au restaurant.
Au restaurant ? Elle n'a donc toujours pas renoncé à me séduire.
Mais proposé avec des yeux si pétillants et un sourire si ravissant,
je ne peux refuser ni lui résister.
- C'est un rendez-vous ?
- Prenez-le comme vous voulez.
- A la brasserie, à côté vous voyez ?
- D'accord. Dix-neuf heures.
Elle s'est levée et a ouvert la porte. C'est vrai qu'elle est très
attirante.
Elle s'est retournée une dernière fois.
- Mettez-vous sur votre trente et un, Joshua.
Elle a passé sa main dans ses cheveux, c'était étrange, comme si
cela me rappelait quelque chose, quelque chose que j'avais déjà
vu.
Je n'ai pas cherché plus, elle était déjà partie, et ma patiente était
déjà arrivée.

; 18h30

- Waouh ! Papa, tu es très beau, c'est pour mon anniversaire !
- Ton anniversaire ?
Je n'y pensais plus.
- Oui. Tu as oublié que c'était ce soir ? Les invités arrivent à dix-
neuf heures.

- Merde.

- Pourquoi ?

- Je ne pourrais pas rester ce soir chérie.

- Mais pourquoi ?

- J'ai quelque chose.

- Quoi donc ?

- Une réunion.

- Une réunion ? Habillé comme ça ?

Sasha, tu poses beaucoup trop de questions.

- C'est sérieux chérie. Allez, je fille, je rentrerai tard, tous les invités dehors à vingt-deux heures. Pas de bazar, bisous je t'aime.

J'allais ouvrir la porte.

- Sérieusement ?

- De quoi Sasha ?

- Toi ? Toi me laisser seule à la maison avec une dizaine d'amis ?

- Je te fais confiance, je ne devrais pas ?

- Si, mais je ne comprends pas, hier tu m'aurais dit non si je voulais que tu ne restes pas. Tu es au courant qu'il y aura des garçons, comme… Thomas, tu te rends com… non, je vais plutôt me taire. Bonne soirée papa.

- Parfait au revoir, la nourriture est dans le frigo.

J'avais qu'une seule envie ; me barrer ! Effectivement j'avais quand même l'envie de la voir. Je sentais que la soirée allait être mouvementé et ça faisait longtemps que je n'avais pas passer une soirée de folie.

- Pas de problème. Je vais préparer la déco.

Je suis parti de suite. J'ai repensé à ce matin, quand Daphné, en partant, a passé sa main dans ses cheveux d'une manière qui m'était familière.

19h05

Je suis arrivé devant le restaurant. La soirée s'annonce déjà mieux que de rester toute la soirée dans ma chambre à entendre la musique énervante des jeunes.

- Vous avez réservez monsieur ?
- J'attends quelqu'un.
- Cette femme ? Je vous emmène à la table.

C'était un restaurant très chic et glamour. Je dînais ici avec Irine à chaque saint valentin. C'était un lieu qui nous était cher. A la première saint valentin, nous avions à peine quinze ans, je l'avais emmenée dans ce restaurant. Il y avait de la musique et nous avions dansé comme des fous alors que tout le monde nous regardait.

- Bonjour monsieur Paterson.
- Madame Delange ?

Elle était magnifique ! Une jolie robe noire moulante avec un décolleté comme il faut. Ses cheveux blonds détachés tombent le long de ses épaules. Elle n'avait pas trop maquillé ses yeux mais elle avait recouvert ses lèvres pulpeuses d'un rouge à lèvres écarlate. Son cou découvert laissait place à une rose en guise de tatouage.

- Asseyez-vous. J'ai déjà commandé le plat, j'espère que vous aimez le homard.
- Du homard ?

Elle a bien dit du homard !

- Vous n'aimez pas ?
- Si, mais c'est énormément cher.
- Ne vous inquiétez pas, je m'occupe de l'addition.
- Non, je paierai ma part voyons.
- J'insiste.

Un serveur arriva, une bouteille de champagne à la main.

- Votre champagne. Je vous sers la première coupe.

- Du champagne ? Daphné ? Du champagne ? Et un coûteux en plus.
- Je ne fais jamais les choses à moitié.
Je vois ça. Séductrice jusqu'au bout.
- Pourquoi vouliez-vous me voir ?
- Je dois vous raconter un truc énorme qui met arriver.
Elle a passé sa main dans ses cheveux. Cela m'a déstabilisé ! Je sais que ça me rappelle quelque chose, mais quoi ?
- Et qu'elle est cette chose énorme ?
- Vous aviez raison, le problème venait de l'absence de ma mère dans ma vie. Elle me manquait beaucoup trop.
- Et ?
- Et quoi ?
- Il n'y a pas que ça que vous vouliez me dire n'est-ce pas ?
- Pourquoi dites-vous ça ?
- Vous ne m'avez pas invité ce soir pour me dire seulement ça ? Vous me l'avez déjà dit ce matin.
Elle a éclaté de rire.
- Vous me faites rire Joshua. Tellement rire. Comment va votre femme ?
Elle se fou de ma gueule !
Je n'ai pas répondu.
- Comment va ma bonne amie ? Tu sais, me vieille copine.
Mais qu'est-ce qu'elle a ? Comment ça « ma bonne amie », « ma vieille copine » et comment ça elle me tutoie.
Elle a passé sa main dans ses cheveux d'une manière « fait exprès » pour attirer mon attention.
- Je ne vois pas ce que vous voulez.
- Quel charmeur. Je rigolais voyons.
- Je ne vous charme pas !
- Quel caractère, tu n'as pas changé.

- Mais qu'est-ce qu'il y a à la fin ! Comment ça je n'ai pas changé ?

Daphné. Son nom résonne dans ma tête. Des images aussi. Certaines. D'Irine et moi. Enfin non. Le visage d'Irine est flou. Effacé, je ne me rappelle plus son visage. Etrange.

- Votre plat.

Un énorme plat d'homard. Je n'ai pas faim. Plus maintenant.

- Comment va ta fille ?

Sasha ?

- Qu'est-ce que vous voulez ?

- J'ai une question Joshua.

- Je vous écoute.

- Lorsque l'on connait une personne depuis longtemps et qu'on la revoit des années après, c'est mieux de la tutoyer ou de vouvoyez cette personne ? J'ai repris contact avec une personne que je connaissais très bien au paravent. Je devrais la tutoyer ou la vouvoyer ?

- Je ne sais pas moi.

Une personne avec qui elle a repris contact ? Elle ne ferait pas un sous-entendu par hasard ?

Je me suis levé de table brusquement.

- Je rentre chez moi.

- Mais pourquoi ?

- Au revoir Daphné.

- *Je vois que tu as le don pour partir au bon moment.*

7

;20h15

Je vois que tu as le don pour partir au bon moment.

Je ne comprends pas pourquoi a-t-elle dit ça ? Il s'agit sûrement d'un sous-entendu.

Je me gare et sors de ma voiture. Aucun bruit. Même pas de musique.

J'entre dans la maison. Tous les gamins étaient dans chaque pièce différente. Je vais dans la cuisine.

- Reposez-moi ces bouteilles !

Ils m'ont tous regardé sans réagir, je me suis énervé.

- Reposez ces bières, dégagez d'ici, allez, dehors !

J'ai couru dans ma chambre. Quatre gosses fumaient.

- Dégagez !

J'étais à deux doigts de leurs foutre ma main dans leur tronche.

Pareil à l'étage, cinq enfants qui buvaient, fumaient. Je les ai foutus dehors. Tout le monde est parti.

- Sasha ? Tu es où ?

J'ai ouvert sa porte en grand. Elle était avec Thomas. Je me suis énervée intérieurement. J'étais tout rouge.

- Papa ? Ce n'est pas ce que tu crois !

J'ai voulu rester calme, je ne veux pas crier, je me suis approché de Sasha et lui ai foutue une gifle. Elle s'est mise à pleurer et Thomas est parti.

- Papa ! Je n'ai rien fait avec Thomas.

- Ne revoie plus jamais ce garçon et ne me parle plus jamais.

- Mais papa. Ecoute moi.

- Je vais aérer en bas.

- Mais pourquoi ?

J'ai hurlé dans toute la maison.

- Parce que tes putains de potes ont fumé et ont bu ! T'appelle ça une fête d'anniversaire ? Vous répartir dans des pièces pour foutre le bordel ! Tu me dégoutes Sasha. Vraiment.
- Mais papa écoute moi.
- Ta gueule Sasha.
- Je n'ai rien fait !
- Ta gueule tu comprends ce que ça veut dire !

Une heure avant ; 19h30

- Pourquoi personne n'est là Thomas ?
- Ne t'inquiète pas, ils vont arriver.

J'avais prévu une simple soirée entre amis, ainsi que Thomas. Comme papa le voulait.

- Il est déjà dix-neuf heures trente. Je leurs envoie un message.

C'est inquiétant. Personne à part Thomas n'est arrivé, j'avais pourtant bien inscrit dix-neuf heures sur les invitations.

- Alors ?
- Personne ne répond. Je crois que l'on va passer la soirée à deux.

Il me lança un sourire.

- Alors ouvre mon cadeau.
- Tout de suite ?
- Et pourquoi pas ?
- Parce que je n'ai pas soufflé les bougies !

J'ai ri. Lui, il a sorti un paquet de sa poche.

- Tiens.

Je l'ai ouvert. Dans la petite boîte se trouvait une bague scintillante de couleur argent.

- Ouah. Elle est magnifique ta bague. Merci.

- C'était à ma sœur, elle me l'a donnée avant de partir.
- Je suis désolée.
J'ai déposé un baiser sur ses lèvres.
- Tu n'y peux rien, la vie te réserve parfois des surprises.
J'avais envie de pleurer.
- Tu penses à quoi ?
- A ma maman.
Je ne sais même pas pourquoi je l'appelle maman.
- C'est dur ?
Je me suis effondrée.
- Enormément !
Il m'a pris dans ses bras. Il a redressé ma tête et levé mon menton avec ses doigts fins.
- Sasha, ce qui est du passé est du passé. Personne ne peut changer le passé.
- Mais on doit plutôt se préoccuper du présent.
- Pour que le futur passé soit parfait.
Il m'a embrassée. C'est une phrase que l'on me répète souvent.
Ne te préoccupe pas du passé mais plutôt du présent pour que le futur passé soit parfait.
La première fois j'ai trouvé ça étrange et insensé. Mais finalement c'est complètement vrai.
DING DONG.
Les invités, sans doute.
- Va ouvrir.
J'ai ouvert la porte. Non, ce n'étaient pas les invités.
- Je peux vous aider ?
Je n'étais pas tout à fait rassurée.
- Laissez-nous rentrer.
Je me retournais vers Thomas.
- Thomas. Tu peux venir s'il-te-plait ?
Il n'avait pas l'air rassuré non plus.

C'est un groupe d'adolescents d'environ dix-sept ans. Tous habillés comme des gamins de quartiers, casquette fringues larges. D'autres plus gothique, des habits noirs, des chaines, piercings...

Thomas m'a lancé un regard apeuré.

- Que voulez-vous ?

- Dégagez !

Le chef de la bande a fait signe à ceux de derrière. Nous avions peurs, nous sommes de petits gosses face à eux.

- Vous ne rentrerez pas comme ça !

- Et pourquoi ?

- Parce que...

Thomas m'a aidée à finir ma phrase.

- Parce que sinon, on appelle la police.

Ils ont éclaté de rire. Le premier m'a poussé en arrière.

Thomas m'a relevée mais les voyous étaient déjà rentrés dans la maison.

- Thomas ! Qu'est-ce qu'on fait ?

- On va dans ta chambre se cacher. Envoie un message aux invités pour leurs dire de ne pas venir. J'appelle la police et on attend qu'ils arrivent.

- D'accord.

Ils se sont répartis dans les pièces, quelques-uns fumaient, et d'autres buvaient les bières de mon père. J'ai fermé la porte de ma chambre. J'étais pétrifiée. Thomas aussi sans doute, mais ne le montrait pas.

J'ai décidé de prévenir mon père.

- Il ne répond pas, c'est sa boîte vocale !

- Merde ! Moi j'appelle les flics.

J'ai tourné en rond dans ma chambre. Ils faisaient beaucoup de bruit, ils criaient et cassaient certains objets sur les murs qui faisaient trembler la maison.

- Tu les entends hurler ?
- Ne t'inquiètes pas ! La police arrive.
- Oh non !
Misère.
- Quoi tu m'as dit que je devais les appeler ?
- Non, ce n'est pas ça ! Ta bague, enfin ma bague, celle que tu m'as offerte. Je l'ai plus, je l'ai laissée en bas.
Il prit sa tête entre ses mains
- Dis-moi qu'elle n'a pas coutée chère !
Il a acquiescé.
- Elle comptait énormément pour moi ! C'était celle de ma sœur. Un cadeau qui venait du cœur.
- Je vais descendre voir s'il n'y a pas la boîte.
- Fais attention à toi.
Je suis descendue, personne dans la salle à manger. La boîte, sur le canapé. J'entends un verre tomber et se casser dans la cuisine. Je prends la boîte et remonte dans la chambre.
- Alors tu l'as trouvée ?
- Oui, tiens. J'ai entendu un verre se casser en bas j'espère que mon père comprendra.
- Sasha ?
Il me lança un regard triste et effrayé, il retourna la boîte pour me montrer sa contenance.
- La boîte est vide.
- Pardon ?
J'ai pris la boîte entre mes mains, vide ! Pas de bague, rien.
Des pas résonnent dans le couloir.
- Sasha ? Je crois qu'un des garçons est en train de monter !
- J'entends la voix de mon père !
Il ouvre la porte en grand, énervé, il a dû croiser les fous en bas. Seulement, je savais qu'il ne croirait pas à ma version.
- Papa ? Ce n'est pas ce que tu crois !

Il n'a pas crié mais m'a mis une gifle, j'ai pleuré, Thomas est parti.

- Papa ! Je n'ai rien fait avec Thomas.

- Ne revoie plus jamais ce garçon et ne me parle plus jamais.

- Mais papa. Ecoute moi.

- Je vais aérer en bas.

- Mais pourquoi ?

Il a hurlé dans toute la maison.

- Parce que tes putains de potes ont fumé et bu ! T'appelle ça une fête d'anniversaire ? Vous répartir dans des pièces pour foutre le bordel ! Tu me dégoutes Sasha. Vraiment.

- Mais papa écoute moi.

- Ta gueule Sasha.

- Je n'ai rien fait !

- Ta gueule tu comprends ce que ça veut dire !

8

Sasha se foutait de moi. Elle avait profité du fait que je ne sois pas là pour saccager la maison. Et surtout qu'après, c'est moi qui dois m'occuper du ménage. Les bouteilles d'alcool éclatées sur le sol. Les cigarettes contre le mur. Une vraie catastrophe.

- Papa ?

Je n'ai pas répondu.

- Tu n'avais pas vu que je t'avais appelé ?

- Non.

- Pourtant je l'ai fait ! Laisse-moi t'expliquer.

- Pour que tu me mentes, non. Remonte dans ta chambre.

- Mais papa !

- Va-t'en ! Je n'ai plus aucune confiance en toi.

- Je ne partirai pas tant que tu ne m'auras pas laissé parler !

- Très bien ! Je vais voir mon téléphone.

Elle avait raison. Elle m'avait appelé.

Sasha m'a tout expliqué, dans les moindres détails, je ne la croyais toujours pas.

- Papa ! Je ne te mens pas. Comment aurais-je pu inventer tout cela ? Je n'ai aucune raison de te mentir

- Tu n'as aucune preuve !

Mis à part le coup de fil.

- Tu m'énerves. Je remonte dans ma chambre. Au pire, ne me croit pas, mais je suis ta fille, et tu me connais. Alors je sais qu'au fond de toi tu sais que ce n'est pas ma faute parce que je ne suis pas ce genre de fille.

Une alarme de police retentit dehors.

- Qu'est-ce que c'est ?

Sasha qui était prête à repartir dans sa chambre se retourna, avec un sourire aux lèvres.

- Mais oui ! En voilà une preuve, la police, Thomas les avait appelés, comme je te l'ai dit !
- Va leurs ouvrir la porte.
Sasha l'a ouverte et leurs a expliqué ce qu'il s'est passé. Un des policiers lui demanda donc ;
- Tu peux les décrire s'il-te-plaît ?
- Pas tous, le premier, le chef de la bande, oui.
- Ton père était avec toi ?
- Non. Il est arrivé il y a cinq minutes. J'étais seule avec quelqu'un.
Cette fois je ne pouvais que la croire, elle ne mentirait pas à un flic.
- Je te l'ai dit papa, je ne mens pas.
Le policier m'interrompu alors que je m'apprêtais à m'excuser.
- Jeune fille ?
Elle acquiesça.
- Ont-ils pris quelque chose ?
- Oui ! Une bague. Une bague que mon ami m'a offerte, il m'a dit qu'elle coutait chère.
- Très bien as-tu une photo, une trace de cette bague ?
- Non. Mais j'ai la boîte.
Sasha lui a tendu la boîte comme un petit indice précieux qui pourrait faire tout changer, comme si grâce à cette petite boîte, on découvrirait le coupable.
- Très bien merci. Monsieur, il me faudrait votre numéro, nous vous appelleront dès que possible.
J'écrivis mon numéro sur un bout de papier.
- Au revoir messieurs, bonne soirée.
Les policiers sont partis, Sasha et moi nous sommes installés sur le canapé. Aucun de nous ne parlait. Elle devait sans doute être déçue, c'est vrai quoi, je ne l'ai pas crue du premier coup ! Elle se tourna vers moi et fronça les sourcils.

- Comment ça se fait que tu sois rentré tôt ?

- Ne m'en parle pas !

- ça n'a pas été ?

Oh loin de là.

- Non ! Catastrophique ! J'avais l'impression qu'elle connaissait toute ma vie.

- Comment ça ?

- Comme si ce n'était pas la première fois que je la voyais. J'avais l'impression qu'elle faisait exprès de passer sa main dans ses cheveux pour que je comprenne quelque chose.

Elle réfléchit puis dit ;

- Papa ? C'est qui « elle » ?

- Daphné.

- Tu n'étais pas censé aller à une réunion ?

Merde ! Quel con.

- Tu m'as menti ! En vrai tu n'étais pas à une réunion, tu étais avec une femme.

- Mais non chérie ! Enfin si, mais ce n'était pas un rendez-vous.

- Alors c'était quoi ? Une soirée entre une femme et un homme je ne vois pas comment je ne pourrais pas croire qu'il s'agissait d'un rendez-vous !

Elle avait raison.

- Ce n'était pas un rendez-vous !

Enfin, si.

- Pourquoi tu étais habillé comme ça ?

Je voulais me faire beau pour Daphné.

- Je m'habille toujours comme ça !

- Alors vous êtes allés manger où, ce n'était pas un restaurant chic si ce n'était pas un rendez-vous ?

Le meilleur restaurant de la ville.

- Il est tard va dormir.

- Qu'est-ce qu'il y a ? Tu n'oses pas me dire que tu vois une femme ? Ta petite copine peut-être ?

Daphné ? Ma petite copine ? Certainement pas.

- Ne dit pas n'importe quoi !

Elle se leva brusquement du canapé et se tourna vers moi.

- Tu as promis à maman que tu ne la remplaceras jamais !

Irine, toujours Irine.

- Sasha ! Je ne remplacerai jamais ta mère.

Jamais.

- Alors oubli cette femme.

Elle ne compte même pas à mes yeux.

- J'ai promis à ta mère que je continuerai à vivre et que je continuerai à être heureux même avec une autre femme. Irine n'aurait pas voulu que j'arrête d'aimer juste parce qu'elle n'est plus là.

- Je ne te verrai pas de la même façon si tu décidais de trahir ta promesse.

Elle est montée dans sa chambre sans répondre. Elle n'acceptera jamais que je veuille revivre à deux. Pour elle, la seule femme que je devais avoir c'était Irine et puis c'est tout. Je lui avais promis que je l'aimerai toujours, et je l'aime encore, ce n'est pas le problème. Mais je n'ai jamais dit que je ne devais plus revivre avec quelqu'un, et la connaissant elle m'aurait dit de continuer à vivre sans faire attention à elle. Et puis Daphné ?

Non mais Daphné !

9

12 novembre 2018
;8h05

Je viens de déposer Sasha au collège et je suis sur la route pour
rentrer chez moi. Je ne travaille pas le lundi, c'est bien le seul jour
où je peux me reposer.
Mon téléphone sonne, j'attrape mon portable avec ma main de
libre.
Le contact affiché me laissa bouche-bée ; Daphné.
Je ne m'attendais pas à ce qu'elle m'appelle de ci-tôt.
Je décroche.
- Allo Daphné ?
- Salut Joshua je ne te dérange pas ?
Daphné m'a tutoyé ? Déjà.
Eh bien si ma chère, je suis en plein sur la rocade et je ne devrais
pas avoir mon téléphone dans la main.
- Non, mais fais vite !
- Tu n'as rien à faire aujourd'hui ?
- Non, jamais le lundi.
- On peut se voir ? J'aimerai parler avec toi, te voir.
Je ne comprends pas cette femme, à chaque fois que l'on se voit
ça ne se passe jamais bien et elle en redemande toujours plus. Et
moi, évidemment, j'accepte.
- Très bien, venez devant mon cabinet je vous y attendrais.
Elle raccrocha. Que me réserve-t-elle cette fois-ci ?
Heureusement que le cabinet est sur la route de ma maison, je n'ai
pas besoin de faire demi-tour.
;8h15

Je suis arrivé au point du rendez-vous, je vois sa voiture garée au loin, je me gare à côté.

- Joshua, monte dans ma voiture, c'est moi qui conduis !

Mais où va-t-elle m'emmener ?

- Allez Joshua, monte je te dis !

Je ferme ma voiture et monte dans la sienne côté passager.

Elle me lança un sourire et démarra la voiture.

- Ne t'inquiète pas, il n'y a pas beaucoup de route.

- Je ne m'inquiète pas, j'ai confiance.

Enfin, je crois.

Le trajet est bien silencieux, elle est concentrée sur la route tandis que moi, je compte les gouttes de pluie s'accrochant à la vitre.

;9h00

Je commence à croire qu'elle m'a menti, elle avait pourtant bien dit qu'il n'y avait pas beaucoup de route. Mais au bout de trois quarts d'heure je doute qu'il n'y ait « pas beaucoup de route ».

;9h30

Daphné s'arrêta enfin dans une forêt, enfin, je ne saurai dire s'il s'agit d'une forêt. Je vois seulement pleins d'arbres autour de nous et un chemin boueux qui mène je ne sais où. Il fait sombre, les arbres laissent passer seulement quelques rayons de soleil à travers les branches.

Daphné descendit de la voiture et me fit signe de descendre aussi.

- Suis moi Joshua.

Ce n'est pas comme si j'avais le choix de toute manière.

- Où m'emmènes-tu ?

- Tu verras, tu verras. Dans cinq minutes tu le sauras.

Nous continuâmes de marcher jusqu'à ce que Daphné se tourna vers moi et me dit ;

- Regarde Joshua.

Elle poussa les branches qui étaient devant elle et continua de marcher.

Je la suivis.

Nous étions sortis de cette forêt et la lumière du soleil était revenue. Nous nous retrouvâmes devant un paysage magnifique qui me laissa bouche-bée.

Alors que nous sommes en hiver le paysage laisse porter à confusion que nous sommes au printemps, l'herbe est d'un vert vif où poussent de jolies petites fleurs aux multiples couleurs. Le ciel est d'un bleu époustouflant, sans nuage, sans nuance de gris. Et le plus beau, une cascade, une magnifique cascade où coule une eau d'un bleu turquoise et transparente à la fois. Il me semble même avoir vu un lapin courir au loin. Un conte de fée, oui, on ne peut voir ça que dans les contes de fée.

Daphné me regarda avec des yeux pétillants.

- Alors Joshua ? Qu'en penses-tu ?

- Ce que j'en pense ? Mais enfin Daphné, ça ne peut pas réellement exister, je n'ai jamais vu ça de toute ma vie on ne voit ça que…

- Dans les films. J'ai réagi comme toi la première fois que je suis venue ici, mais on voit bien la même chose, alors, c'est bel et bien réel.

Daphné me fit signe de la suivre, elle enleva ses chaussures ainsi que ses chaussettes et se posa au bord de la rivière en trempant ses pieds dans l'eau. Je fis de même. L'eau, étrangement, était tiède. Ici la température est loin d'être la même que dans la forêt où autre endroit de la France. Il fait plutôt chaud, je dirai une vingtaine de degrés. Pour une période hivernale, c'est plutôt extraordinaire et insensé effectivement. Je me demande même si je ne suis pas en train de rêver.

- Comment as-tu découvert cet endroit Daphné ?

- C'était il y a des années, il y a très longtemps. J'ai voulu m'enfuir, ne me demande pas pourquoi je te dirai seulement que j'ai voulu partir. J'ai roulé des heures et des heures en voiture jusqu'à ce que je m'arrête dans une forêt, celle que nous avons traversée. Je me suis promenée pendant un certain temps et puis j'ai découvert cet endroit !

- Je ne te crois pas. Tu viens de me mentir.

Elle baissa les yeux.

- Daphné, je ne suis pas du genre à juger quelqu'un sur quelque chose qu'il aurait fait au paravent. Imagine que tu es face au psychologue.

- Mais je ne veux pas être face au psychologue, je veux être face à mon ami !

Ami ? C'est nouveau.

- Alors raconte-moi tout. Tu n'as pas à avoir peur de dire ce que tu ressens.

Elle respira un grand coup et prit ma main.

- Lorsque je suis partie, mon entourage pensait que j'étais morte, enfin, pas au début, seulement après, au bout de quelques semaines de disparition ils ont commencé à croire que je m'étais suicidée. Je ne pouvais pas revenir comme ça, mine de rien. J'étais décidée à ne plus revenir, plus jamais. Je ne trouvais plus de sens à ma vie et c'est là que je me suis dit : « si tout le monde croit que je suis morte alors pourquoi ne pas l'être vraiment ? C'est vrai quoi, je ne vais pas rester des années à me cacher sans voir personne, sans pouvoir vivre. » Te rends-tu compte que j'en suis venue à me dire que je devais mourir et pas parce que je le voulais mais parce que les autres le croyaient. Alors je me suis dit qu'il me fallait un endroit paisible où je pourrai mourir en paix. J'ai toujours aimé tout ce qui se rapportait à la nature alors quoi de mieux que de finir ses jours dans une forêt, dévorée par des loups ? Tu auras donc deviné que je te parle de cette forêt. J'ai marché des heures dans celle-ci, je voulais que personne ne me voit donc j'ai trouvé l'endroit le plus profond. Il était tard, c'était un jour d'automne, il faisait froid et sombre. Je ne voyais plus très clair et je ne savais plus où j'étais. A un moment donné j'ai entendu des vagues, comme la mer. Je me suis dit que c'était la fatigue et que je perdais la tête. Mais non, c'était bien le bruit de vagues. J'étais curieuse de savoir d'où ça venait donc j'ai suivi ce bruit. Plus je marchais, plus le bruit devenait fort, plus intense. Et c'est là, derrière les derniers arbres de la forêt que je vis ce paysage. Le bruit des vagues n'était pas celui d'une mer mais le bruit de l'eau s'écoulant d'une cascade. Il ne faisait plus froid bizarrement, et il ne faisait plus sombre. Je ne pouvais pas disparaître sans profiter de ce magnifique endroit. Je n'ai pas réfléchi, j'ai enlevé mes habits et j'ai plongé dans l'eau, je ne savais pas à quelle température était l'eau. Mais je risquais quoi de toute manière ? Soit elle était froide et alors je mourais sur le coup d'une crise d'hypothermie subite ou alors l'eau était à bonne température. Et à ton avis Joshua ? L'eau était comment ? Si je suis là aujourd'hui pour t'expliquer tout ça, forcément, l'eau ne pouvait être qu'à bonne température. Et étrangement, elle était même chaude. J'ai passé toute la nuit dans l'eau, mes doigts étaient tout fripés mais j'étais bien, et ça faisait longtemps que je ne m'étais pas sentie bien. J'ai réfléchis cette nuit-là, oh oui j'ai réfléchi. Mourir était-ce vraiment la solution ? Plus j'y pensais, plus je me disais que non. La vie est trop belle et ce serait une grossière erreur de l'arrêter maintenant. Le lendemain, je suis retournée vivre normalement, ça a été un choc pour ma famille mais je n'étais pas prête à disparaître éternellement.

Je n'ai pas de mot pour exprimer ce que je ressens face à ce que Daphné vient me dire.

Emu ? oui.

- Je ne comprends pas pourquoi c'est à moi que tu dis ça. On se connait à peine ! Et puis ce n'est pas quelque chose que l'on dit à n'importe qui.

Elle mouilla ses mains dans l'eau.

- Mais toi, je sais que tu ne me jugeras jamais.

- Et comment peux-tu en être certaine Daphné ? Comment ça se fait que tu as l'impression de me connaître parfaitement ?

Elle tourna la tête, elle ne voulait peut-être pas que je m'énerve, ce n'est même pas le cas, je ne compte pas m'énerver je trouve juste cela étrange.

Elle ne me répondit pas.

- Excuse-moi. Ça a dû être compliqué à vivre mais je ne sais pas trop quoi te dire.

- Alors ne dis rien. Je n'attends pas forcément de réponse à ce que je viens de te dire, j'avais seulement envie d'en parler à quelqu'un. Tu vois, pour que tout ce que j'avais en moi sorte enfin depuis toutes ces années.

Je pris sa main toute mouillée.

- Et maintenant que tu me l'as dit, tu te sens comment ?

Ne me mens pas Daphné.

- Je vais bien. Très bien.

Je ne suis peut-être pas dans ta tête mais je sais très bien que ce n'est pas en parlant de quelque chose qui nous touche que forcément on se sentira mieux après.

- Daphné, je suis psychologue, je connais mon métier et je connais les gens en général. Tu peux me dire mille fois que tu vas bien, je ne te croirais pas.

Elle détacha sa queue de cheval, et remonta les manches de son pull.

Je crus voir des gouttes se former dans le creux de ses yeux.

- Tu pleures ?

- Tu as raison Joshua, tu as tellement raison.

Une question me trotte dans la tête, pourquoi a-t-elle voulu partir ?

- Mais finalement, tout s'est arrangé n'est-ce-pas ? Tu as retrouvé ta vie non ? Alors pourquoi te remémores-tu ces souvenirs si tu sais forcément que ça va te rappeler de mauvaises choses et que ça n'a rien de bon pour toi ? Pourquoi ne décides-tu pas d'arrêter de te préoccuper du passé mais plutôt du présent.

- Pour que le futur passé soit parfait.

Comment Daphné ? Comment peux-tu finir une phrase que seuls Sasha et moi connaissons.

Je sens qu'elle est gênée. Pourquoi ?

- Allez ! L'ambiance festive n'est pas au rendez-vous, suis-moi je vais t'emmener autre part.

Ambiance festive ? C'est toi qui m'as parlé de tout ça, tu savais déjà que ce n'était pas un sujet sur lequel on se « fend la poire » ! Et maintenant que tu m'as parlé de ton dramatique passé tu veux encore m'emmener je ne sais où.

Nous nous levâmes et retournèrent dans la voiture.

Nous avons roulé seulement un quart d'heure avant de s'arrêter devant une grange. Une très grande grange comme l'on peut voir dans les films d'horreurs, vous voyez, avant que le personnage principal ne puisse plus y sortir parce qu'une poupée maléfique l'aurait enfermé. Tout ça n'est que fictif évidemment.

- Suis-moi Josh.

Je te suis Daphné, je n'ai pas vraiment le choix.

Elle avait un sourire en coin, peut-être même qu'elle est heureuse. En tout cas, je ne sais pas ce qui la rend dans cet état mais ce qui se cache à l'intérieur lui tient à cœur. Ça, j'en mettrai ma main à couper.

Elle sortit de sa poche un trousseau de clefs et essaya d'ouvrir la porte avec chaque clef une par une jusqu'à ce que la bonne puisse ouvrir la grange.

- Regarde comme c'est beau.

Simple, chaleureux, douillet, peut-être même vieillot, mais comme il faut.

Elle avait rénové cette vieille grange en un endroit très joli. On dirait même qu'une personne y vit. Ça a des airs de chalet, tout est fait de bois, il y a un grand lit, des meubles, une cuisine en bois elle aussi. Bref, tout ce qu'il faut pour vivre tranquillement et bien.

- C'est magnifique Daphné, c'est toi qui as fait la déco ?
- C'est moi qui y vis.
- Tu veux dire que c'est ta maison.
- Surprise ?

Elle était tant perdue que ça ? Au point de vivre dans une grange ? Au point de ne même pas pouvoir vivre dans une vraie maison. Elle partit nous chercher des verres de vin rouge dans sa cuisine.
;10h50

Nous nous sommes posés sur le sofa, moelleux comme il le faut.
- Tu aimes ?
- Le vin est excellent Daphné !

Elle sourit.

- Je ne te parle pas du vin, je te parle de mon chez-moi.

Nous avons rigolé coordonnés.

- Je trouve ça très beau, mais…
- Mais ?
- Mais pourquoi vis-tu à l'écart des autres ? Comme si tu n'avais pas envie de faire partie de notre monde ?

Elle sembla agacée.

- Je ne vis pas à l'écart du monde.

Oh Daphné ! Pauvre Daphné. Tu es arrivée à un point où tu ne te rends même pas compte que tu fous ta vie en l'air à rester seule plutôt qu'à profiter de ton entourage. Reste enfermée chez toi, tu vas commencer à perdre la tête, tu vas parler seule, jusqu'à pourrir et mourir de solitude dans ta vieille grange !

- Oui Daphné, tu as raison, j'ai tort.

Elle s'approcha de moi et posa son beau petit postérieur à côté du mien et dit ;
- Santé !
- Et que fêtons-nous ?
Elle eut un moment de réflexion avant de dire :
- A notre belle amitié qui ne fait que commencer.

Daphné est d'une beauté divine, elle s'habille simplement mais très chic à la fois, elle se maquille légèrement, de façon discrète. Ses lèvres pulpeuses sont souvent colorées d'un beau rouge vif. Sa façon de tournoyer sa mèche de cheveux en pinçant ses lèvres ferait craquer tous les hommes sur Terre. Pour ne rien vous cacher, elle me fait cet effet à moi aussi. C'est vrai quoi, ça fait plus de quatorze ans qu'Irine a disparu de ma vie, pourquoi ne pas recommencer à aimer ?
Commencer à aimer Daphné.
C'est une fille bien, elle est très gentille, vraiment beaucoup. Elle me surprend de jour en jour et son côté mystérieux me plait énormément. Ce serait une super belle-mère pour Sasha.
Et puis, je vois très bien qu'elle me fait du charme.
Après tout, pourquoi pas ?

- Dis-moi Joshua, après la maman de Sasha, tu n'es jamais retombé amoureux ?
Daphné ! Oh Daphné ! Tu es la seule femme qui ose me poser cette question.
- J'ai eu du mal à me remettre de la mort d'Irine, au début je n'y croyais même pas. Il m'arrivait même de me réveiller en pensant qu'elle était à côté de moi. Je me suis dit que le destin s'était acharné sur moi, que j'avais sans doute fait quelque chose de mal et que j'en payais les conséquences. Mais m'enlever la femme que j'aimais le plus au monde laisserait forcément des trous dans

mon cœur. C'était injuste et cruel. J'ai passé quelques années à encore espérer que ce ne soit qu'un rêve, mais malheureusement, les jours passaient, et je savais bien qu'elle ne reviendrait pas. Je devais m'occuper de Sasha, notre fille, notre descendante, la dernière chose qu'elle m'avait offerte. Quand je vois Sasha je vois Irine, comment veux-tu que je l'oubli ? Il pouvait y avoir la plus belle femme du monde en face de moi, je ne pensais qu'à Irine et je ne pouvais pas retomber amoureux. Je ne peux pas retomber amoureux d'une autre, parce que je n'ai jamais cessé de l'être, je suis toujours amoureux d'Irine et je le serai toujours. J'étais aussi très triste pour Sasha, c'est sa mère et elle ne la connait même pas. Elle ne l'a jamais serrée dans ses bras. J'aimerai bien l'avoir moi aussi à mes côtés, mais la mort l'a emportée. J'ai pris du temps à me dire que c'était fini. Je ne me souviens même plus du dernier mot que je lui ai dit. Si j'avais su. J'aurai aimé qu'elle sache que je l'aime. Je lui avais peut-être déjà assez dit, mais je voulais qu'elle le sache une dernière fois. C'est la femme que j'aurai le plus aimée durant toute ma vie.

Alors non, je ne suis jamais retombé amoureux.

10

;12h30

Daphné et moi papotons depuis quelques heures. Elle se tourna vers son horloge.

- Tu as faim ? Parce que moi pour tout te dire mon ventre ne fait que gargouiller.

Elle rigola. J'en déduis que je vais passer le midi avec elle, dans sa grange.

- Ça tombe bien Joshua que tu sois là, il me reste du fraisier que j'ai préparé hier. Ma spécialité ! Un régal !

Drôle de coïncidence, il s'agissait justement de la spécialité d'Irine. Elle adorait le faire mais encore plus le manger. Elle a toujours aimé la cuisine, plus particulièrement la pâtisserie. Celui de Daphné ne pouvait être meilleur que celui d'Irine.

- Je gouterai avec plaisir.

Nous nous sommes mis à table, le repas était simple. Pour une fois qu'elle choisit la facilité et la simplicité !

- Dis-moi Daphné, c'est vrai que l'on n'en a jamais discuté mais, tu n'as jamais été marié ? Ou tout simplement tu n'as jamais eu de longue relation ?

Elle failli s'étouffer.

- Mariée non. Mais avoir des copains oui bien évidemment. J'ai eu plus particulièrement une seule vraie relation sérieuse. C'était vraiment magique avec lui, j'étais jeune. C'était il y a environ une dizaine d'années et je suis restée avec lui quelques années aussi. On allait même emménager ensemble et j'étais même fiancée. Il m'avait demandé en mariage dans une fête foraine c'est fou non ? Dans la grande roue, simple mais magique et comme je l'avais toujours rêvé. J'ai accepté. Je ne voyais pas comment tout ça

pouvait s'arrêter, je me voyais déjà vieillir avec, élever un enfant pourquoi pas. On allait se marier dans trois mois, quand j'ai appris que j'étais enceinte. Je ne savais pas trop quoi en penser mais dans la situation où nous étions un bébé n'était qu'une étape en plus. Seulement, lui, je ne savais pas comment il allait réagir. On en avait déjà parlé et il m'avait dit qu'il n'en voulait pas tout de suite. C'était un accident et moi je voulais de ce bébé. Je lui ai annoncé un mois après, j'avais beaucoup réfléchi et je m'étais fait conseiller. Alors je lui ai dit, et il l'a très mal pris et il a très mal réagi. Même au-delà de ce que j'avais imaginé. Il m'a imposé l'avortement, je n'avais pas le choix, j'ai donc été forcée.
Daphné se mit à pleurer.
- Il m'a menacé, et j'ai avorté. Je me sentais tellement faible face à lui et le pire dans tout ça, c'est que je l'aimais profondément. Le jour de l'avortement, après, je lui ai demandé de venir me voir et j'ai tout arrêté. Je l'ai plaqué et je lui ai rendu la bague. Il avait agi comme un connard et je ne voulais pas que cet homme devienne mon mari pour la fin de mes jours. Je suis restée quatre ans avec, ma vie était liée avec la sienne. Tout arrêter d'un coup a été très dur, ça a radicalement changé le court de ma vie. Je ne pensais pas que ce jour arriverait mais il faut croire que je n'étais pas faite pour lui et qu'il n'était pas fait pour moi.

J'ai bu une gorgée de mon vin. Daphné semblait réellement triste et cette histoire la touchait profondément. Je ne savais pas quoi dire, je n'ai jamais vécu de rupture amoureuse. Irine n'a jamais été une rupture. Mais souvent, ce sont les personnes qui n'ont pas vécus la même chose qui donnent les meilleurs conseils. Alors j'ai seulement dit ;
- Rien n'est un hasard, si c'est arrivé c'est que ça devait arriver. On aurait voulu que ce ça se passe autrement et on pense à ce qu'aurait été notre vie si ça avait pris la tournure que l'on voulait.

Mais à quoi bon s'acharner sur une vie que l'on n'aura jamais, on imagine qu'elle reviendra et alors on aimera à nouveau. On aimerait que pour une fois la fin soit heureuse, qu'on vive heureux, qu'on ait d'autres enfants, qu'on vive une putain de belle histoire. Sauf que même si on ne veut pas l'admettre, la fin de notre histoire est déguelasse. Ça avait pourtant bien commencé, ça avait bien continué et la logique voudrait que la fin n'existe pas, que l'on s'aimera jusqu'à la fin des temps, jusqu'à ce que la mort nous emporte. Mais tout ça n'est que mensonge, comme dans tous les rêves il y a une fin. Une fin ne peut pas être belle, on peut nous faire croire n'importe quoi une fin n'est jamais belle. Elle annonce que tout ce qu'on a pu vivre est terminé, qu'il faut tourner une autre page même si ça nous brise le cœur. Seulement tous les jours j'ai une petite pensé pour elle et même si tout me prouve que c'est fini, même si je sais au plus profond de moi qu'il n'y a aucun espoir, je continue à me dire que l'on a le droit à notre happy end.

Je ne m'étais pas rendu compte, mais je ne parlais plus de Daphné et de son histoire mais de la mienne avec Irine.

- Elle savait que tu l'aimais, j'en suis sûre. Elle n'est pas partie sans savoir à quel point tu l'aimais. Mon histoire semble minime à côté de la tienne.
Minime ? C'est juste que toi il n'y a pas d'histoire de décès.
- Tu sais Daphné, Irine a été ma première petite copine au collège, et elle été ma seule histoire d'amour.
Elle semblait étonnée.
- Tu veux dire que tu n'es jamais ressorti avec quelqu'un après qu'Irine soit… tu vois ?
Morte.
- J'ai du mal à te croire Joshua. Je ne vais pas te juger.

Je n'en ai jamais parlé à personne avant. Mais elle semble si intéressée.

- Effectivement j'ai eu une copine, mais ça n'a pas duré longtemps. Quelques mois. C'était une femme que je croisais souvent à l'école primaire de ma fille. On ne se disait que bonjour mais sans plus. Un jour, elle avait fait tomber son portefeuille dans la cour et pour me remercier elle m'a invité chez elle à boire un verre. Malika qu'elle s'appelait. Notre histoire est loin d'être excitante, je suis seulement venu chez elle quelques fois mais loin du sérieux. Au bout de seulement quatre mois nous avons tout arrêter. Nos enfants respectifs allaient rentrer au collège, nos chemins se séparaient et puis nous n'avions aucune envie de parler de notre relation à Sasha et sa fille. Je ne me sentais toujours pas capable de revivre à deux. La rupture était la meilleure des solutions.

Daphné rigolait.
- Et dire que je te prenais pour un bourreau des cœurs !
- Ne pas sortir avec beaucoup de femmes ne veut pas dire que je ne les attire pas.
Elle me lança un regard adoucissant, mignon, voire coquin.
- On peut dire que tu as toujours Irine dans la peau.
Dans la peau, dans la tête, dans le cœur.
- Nous avons eu un enfant, tout aurait été plus facile pour moi si Sasha n'existait pas.
En m'écoutant parler, je me suis senti coupable d'avoir sorti ces mots. Je ne regrette pas qu'elle soit là, je dis seulement que la mort d'Irine aurait été moins douloureuse si je n'avais pas à m'occuper d'une fille qui est la nôtre.
- C'est vrai que si tu n'avais pas eu de fille avec, elle serait encore là comme la cause de son décès est la grossesse.

Daphné se sentait à son tour coupable d'avoir sortie de sa bouche ces mots.

- Excuse-moi Joshua, je ne voulais pas.

- En soit tu n'as pas tort. Mais même si tout ça est arrivé, je ne changerai en aucun cas le passé car ces années vécues aux côtés de la femme que j'aime ont été parfaites, même si le temps nous a rattrapé un peu tôt à mon goût.

Daphné but une gorgée de vin. Elle semblait émue. J'aimais cette femme, je l'aime toujours autant.

Tous les soirs en m'endormant, il y a un peu d'espoir en moi de me réveiller à ses côtés.

Et même si je sais que la probabilité que cet évènement arrive soit de zéro, je garde en moi espoir, car l'amour bat des records.

11

14 novembre 2018
;16h05

J'étais en route vers le collège de Sasha. Tout était normal. J'allais seulement chercher ma fille à la sortie des classes.
Entre Sasha et moi ? Froid, très froid. Ce n'est plus comme avant.

;16h15
J'ai récupéré Sasha à la sortie des classes. Aucun échange tout au long du trajet.
Arrivés devant la maison, j'ai pris mon téléphone et mes doigts ont appuyé, comme hypnotisés, sur le contact « Daphné ». J'avais besoin de me vider la tête, les petits problèmes de comportement de ma fille commencent à me prendre la tête ce qui n'est pas bon pour mon anxiété.
Ça sonne.
- Allo ?
- Oui allo Daphné ? C'est moi…
- Joshua ? Oui, je sais, j'ai enregistré ton numéro.
- Et bien Daphné, cette fois c'est moi qui t'invite à boire un verre. Dix-huit heures, au bar côté jardin de mon cabinet ?
- A tout à l'heure Joshua.
Elle a raccroché. Je prends cela pour un oui. J'ai enfilé une chemise simple et j'ai ouvert la porte de la chambre à Sasha.
- Je me casse, il y a le reste de ce midi dans le frigo, tu mets au micro-ondes deux minutes et tu fais la vaisselle, je serai rentré dans deux heures.
- Tu vas où ?
J'ai fermé la porte. Je suis descendu et Sasha m'a suivi.

- Mais tu vas où ?

- Loin de toi, j'ai besoin de respirer tu comprends ? Tous les petits problèmes d'une adolescente j'en peux plus. Et vu que c'est moi qui prends tout dans la gueule je m'en vais pour la soirée, toi aussi ça te donne l'occasion de réfléchir à la façon dont tu m'as parlé tout à l'heure.

Je suis parti. En réalité, j'avais envie de voir Daphné car son côté mystérieux me plaît et que cela me donne envie d'en savoir plus sur elle.

17h55

Je me suis garé sur le parking, Daphné aussi, coordonnés à vrai dire.

Je me suis approché de la voiture à pas lents avec une certaine classe.

Elle a sursauté.

- Je ne vous avais pas vu.

Vous ? Avait-elle donc oublié notre escapade de l'autre jour ?

C'était la première fois que je la voyais habillée avec une tenue simple, et pour tout vous dire, ça la rendait encore plus élégante et magnifique.

Elle avait mis une chemise ouverte avec un tee-shirt blanc, un pantalon clair moulant comme il faut, et des bottines à talons qui lui donnaient la taille parfaite. Elle avait pris la peine de se maquiller, un peu, mais suffisamment. Elle avait aussi laissé ses cheveux détachés. Magnifique !

- Vous êtes très élégant Joshua.

- Tu m'as vouvoyé ?

- Tu es très élégant Joshua.

- Merci, toi aussi, tu es une femme très jolie, je suppose que tous les mecs doivent te courir après ?

- Non tu as raison, mais moi, je ne suis pas sorti avec un mec depuis plus de dix ans.
- Le dernier a été le fameux connard avec qui tu as failli te marier ?
- Oui.
Nous sommes rentrés dans le bar. Mes yeux s'écarquillèrent et ma bouche refusait de se fermer.
- Que se passe-t-il Joshua ?
- Cela faisait des années que je n'étais pas venu dans ce bar, ça a changé ! Enormément !
- Tu connaissais les propriétaires ?
- Oui, enfin ils me connaissaient, je venais presque toutes les semaines avec…
- Irine.
Eh oui.
- Oui, c'est ça, comment ?
- Comment je le sais ? Facile, tout se rapporte à ton ancienne femme, tout ce que tu faisais au paravent c'était toujours avec elle.
- Oui. Tu as raison, je crois.
Un serveur est venu vers nous.
- Vous avez choisi ?
Daphné me fait signe de choisir pour elle.
- Et bien deux planteurs.
Elle me fit les yeux ronds, elle attendit que le serveur parte et me dit.
- Un planteur ?
- Tu n'aimes pas ?
- Tu sais très bien que je ne bois pas d'alcool fort comme celui-là.
Je suis censé le savoir ? Dans ces cas-là ne me demande pas de choisir à ta place.

- Et comment je pouvais savoir ?

Elle s'est énervée.

- Parce que c'est logique !

Logique effectivement.

Elle s'est calmée.

- Non, désolée, tu ne pouvais pas savoir.

J'ai repris notre discussion.

- Tu me disais avant qu'on entre dans le bar ?

- Que je n'ai pas eu de mec.

- Depuis plus de dix ans. Comment-est-ce possible ?

- Trop compliqué.

- Qu'est-ce-qui est compliqué ? Je sais que tu aimais ce mec qui t'a mis enceinte mais la vie continue.

Le serveur arriva et posa les verres sur la table.

- Mais dis-moi qu'est-ce-qui est compliqué ?

Le serveur leva les yeux au ciel, chewing-gum à la bouche. Il posa sa main sur la table et se pencha en direction de Daphné.

- Excusez-moi ? Vous comptez payer tout de suite ou après ?

Je me suis penché vers le serveur et je lui ai balancé les sous.

- Gardez la monnaie !

- Du calme, du calme.

Il est parti, énervé.

- Joshua ! Si je t'explique pourquoi…

- Oui ? Si tu m'expliques pourquoi ?

- Eh bien…

- Eh bien quoi ? Fini ta phrase bordel !

Elle se leva et marcha en direction de la sortie.

- Daphné, tu ne peux pas partir comme ça sans me donner d'explication !

Elle souffla, se retourna et dit ;

- Si je t'explique pourquoi je ne suis pas sorti avec un homme depuis plus de dix ans, tu comprendras que ta vie est basée sur un mensonge et qu'une partie de ta vie ne ressemble pas à ce que tu penses réellement.

…

Un vide…
Daphné n'est pas un hasard.
Elle n'est pas venue me voir pour se faire soigner.
Elle sait quelque chose…
Mais quoi ?

12

;20h10

Je suis enfin rentré à la maison. Je suis resté plus d'une heure, seul au bar à m'enfiler des verres de planteur pour me noyer dans ma solitude. Je ne comprenais plus rien. Plus je vois Daphné, plus je sais qu'il y a quelque chose qui m'est caché.

- Sasha ? Je suis rentré.
- Je suis dans la cuisine. Ouah, tu pus l'alcool papa !
- Ah bah ça je pense que c'est vrai, tu te rends compte ma petite que j'ai bu sept verres !
- En plus t'es bourré, tu me dégoutes.
- Mais non ! Je ne suis pas bourré.
Je me suis retourné et j'ai foncé sur le mur. Je me suis écroulé par terre et me suis endormi.

15 novembre
;9h05

- Joshua ? Tu te réveilles ?
Je me réveille doucement. Je ne sais pas qui me parle mais cette voix m'apaise.
- Tu veux encore dormir ?
- Non, j'y vais lentement.
J'ai ouvert les yeux. Daphné.
- Etonné ?
- Oui.
- Il est neuf heures passées, tu dois te réveiller.
- Pourquoi es-tu là ?

- Sasha m'a appelée.

Je me suis redressé d'un coup.

- Sasha ? Pourquoi ?

- Elle m'a demandée si j'avais passé la soirée avec toi.

- Oh non !

- Elle m'a dit que tu étais complètement bourré et écroulé au sol.

- C'est tout ?

- Non, elle m'a demandée s'il y avait quelque chose entre nous.

Evidemment qu'il y a quelque chose entre nous !

- Et tu lui as bien dis non ?!

- Oui, ne t'inquiètes pas.

- Ouf ! Mais qu'est-ce-que tu fous là ?

- Elle m'a demandée de t'amener dans ta chambre et de l'emmener au collège ce matin. Et je suis restée pour veiller sur toi.

J'ai pris sa main.

- Merci.

- Je suis désolée.

Je l'ai regardée.

- Je suis désolée de partir à chaque fois, mais je perds mes moyens et j'ai peur de dire tout ce que j'ai sur le cœur.

- Je ne comprends pas. Mais qu'est-ce-que tu veux me faire comprendre ?

- Rien Joshua. Rendors-toi.

- Non ! Tu me caches quelque chose. C'est bien facile de commencer ses phrases mais alors finies-les.

- Non, rien ne t'est caché, la vérité est devant toi mais cette vérité te rend aveugle.

- Mais quelle vérité ?

Elle m'a souri.

- Je vais te chercher des croissants à la boulangerie.

Elle s'est levée et avant de passer la porte elle s'est retournée.

- Tu prends un croissant chaud avec un café et deux sucres ainsi qu'un jus d'orange pressé ?

J'acquiesça. Comment ? Comment sait-elle que j'aime ça ?

Mes yeux se refermèrent et je tombai dans un profond sommeil.

10h32

- Joshua ?
- Daphné ?
- Oui, tu t'es rendormi, je suis arrivée dix minutes après mais je t'ai laissé dormir.

Elle mit sa main sur mon front.

- Pas de fièvre, seulement besoin de sommeil. La gueule de bois ne te réussit pas.
- J'ai fait un rêve.
- Quel sorte de rêve ?
- J'emmenais Irine à la maternité. Elle me disait qu'elle avait peur pour le bébé. C'était la même scène que quand cela est arrivé.
- Et après ?
- Après Irine est allée dans une salle et les infirmières m'ont dit qu'il était préférable que je ne vienne pas dans la salle d'opération car ce n'est pas un accouchement habituel. Je suis sorti de l'hôpital et après…
- Après ?
- Je ne sais plus. Un vide. Tant dans mon rêve que dans la réalité.
- Tu n'as aucun souvenir de ce qu'il s'est passé après que tu sois sorti de l'hôpital ?
- Non, en suite je n'ai aucun souvenir, et après je me vois l'attendre. Et aussi quand un homme est venu m'annoncer ce qui s'était passé. Seulement ça.
- Etrange.

Elle s'est assise à côté de moi sur le lit, elle a posé sa main sur mon torse en passant en dessous de mon tee-shirt.

- Tu sais Joshua, tu me plais énormément.

Je lui ai souri. Je me suis approché doucement et ai déposé un baiser sur ses lèvres. Elle s'est allongée près de moi après avoir enlevé sa chemise.

Je mis mes mains sur sa poitrine. Elle se tourna de mon côté.

- ça fait si longtemps que je t'attends.

Mes yeux s'arrêtèrent sur une partie de son ventre. Une cicatrice. Je la caresse.

- Qu'est-ce qu'il y a ? Me demanda-t-elle.

- Cette cicatrice.

Elle ne m'a pas répondu. Elle m'embrassa comme pour m'enlever l'idée de lui poser des questions.

- Pourquoi tu as cette cicatrice ?

- L'appendicite.

- Ne te fous pas de moi, ce n'est pas là l'appendicite.

Elle détacha ses cheveux et enleva ma ceinture.

- Daphné répond moi.

- Tu poses trop de questions.

- Pourquoi tu ne veux pas me dire ?

- Je n'en ai pas envie !

Elle prit mes mains et les posa sur ses hanches. Cette cicatrice devait avoir une signification importante. Trop tôt ? Sans doute, elle me le dira un jour. Elle se déshabilla complètement et je fis de même.

11h45

- Tu manges avec moi Daphné ?

- Si tu veux. Sasha mange avec nous ?

Normalement oui. Mais là, ce n'est pas pareil. Si Sasha apprend ce qu'il y a entre Daphné à moi, elle va péter un câble.

- Alors Joshua ? Elle mange avec nous ou pas ?

- Non, non.

- Tu en es sûr ?

- Oui, ne t'inquiète dont pas pour elle, je vais lui envoyer un message pour lui dire de rester au collège.

- Joshua. Ne me dis pas que tu as peur de la réaction de ta fille par rapport à nous deux ?

Oh si Daphné ! J'en ai peur.

- Qu'est-ce-qui te fais dire ça ?

- Je te connais maintenant. Mais ne t'inquiète pas pour ça, j'ai parlé à Sasha en l'emmenant au collège ce matin.

Ai-je bien entendu ?

- Tu lui as dit quoi ?

- Je lui ai parlé. De la vie, de sa relation avec toi, de nous.

- Et ?

- Et je crois qu'elle a compris qu'on avait le droit de s'aimer, ce n'est pas parce qu'Irine n'est plus là que forcément tu dois bannir l'amour de ta vie.

Etrange cette histoire.

- Dis-moi Daphné ? Pourquoi tu as dit ça à Sasha ?

- Ce n'est pas ce que tu voulais ?

- Quand tu l'as emmené au collège il ne s'était encore rien passé entre nous. Pourquoi tu lui as parlé de notre amour alors qu'il n'y avait encore rien ce matin.

Il y eût un silence avant qu'elle me dît ;

- Je ne sais pas je le sentais.

Tu avais surtout tout calculé !

- Pourquoi ? Tu avais prévu ton coup ? Tu avais tout calculé ?

- Non ! Joshua !

- Alors pourquoi tu lui as dit ça ?

- Je n'en sais rien, je pensais qu'il le fallait !

Je me levai de mon lit.

- Je vais chercher Sasha.
- Mais je croyais qu'elle ne mangeait pas avec nous ?
- Finalement si.

Je suis parti. J'ai claqué la porte derrière moi et je suis monté dans la voiture pour aller chercher Sasha.

13

;12h05

- Monte dans la voiture Sasha.
Elle est montée sans dire un mot. Pendant cinq minutes de trajet, personne ne parlait, c'est seulement après qu'elle se décida à parler.
- Tu t'es remis de ta soirée d'hier ? Tu étais plutôt bourré.
- ça va merci.
- Elle est chouette ta copine.
Je n'ai pas répondu.
- Papa ? Ça ne me pose pas de problème que tu sortes avec Daphné.
- Même si tu ne serais pas d'accord je serais tout de même avec elle. Ce n'est pas ma gamine de quatorze ans qui décide à ma place. Tu te prends pour qui ? Comme si moi j'avais donné mon avis sur ton copain Thomas ! Non, je ne me mêle pas de ta vie, ne te mêle pas de la mienne !
Elle m'a lâché un regard froid.
- Quand tu as appris que maman était morte tu as réagi comment ?
J'ai pilé net, heureusement, personne n'était derrière. Changement de discussion.
- Pourquoi tu me demandes ça ?
- Parce que tu ne m'as jamais racontée.
- Bien sûr que si.
- Non, tu m'as toujours dit pourquoi elle était morte mais tu ne m'as jamais expliquée comment la scène s'est déroulée.
- Je n'ai pas forcément envie d'en parler.
- Et pourquoi ? Je n'ai pas le droit de savoir c'est ça ?

Mon ton s'est élevé.

- Sasha ! Je ne veux pas en parler arrête bordel !

- ça se trouve depuis le début tu me mens. Ça se trouve tu m'as raconté n'importe quoi ! Peut-être que tu me caches quelque chose.

Aurait-elle osé ? Je me suis arrêté sur le trottoir.

- Sors de la voiture.

- Mais papa !

- Ma fille ose dire que je suis un menteur, et que j'ai menti sur la mort de ma propre femme ? Si tu penses réellement ça, sors de la voiture !

- Mais on est super loin de la maison.

- Je ne rigole pas Sasha !

- Désolée.

Nous sommes arrivés à la maison. Daphné était devant la porte.

- Je crois que je vais partir Joshua.

- Quoi ? Pourquoi ?

- Il est préférable que je parte.

Elle est montée dans sa voiture. Et est partie.

- Non !

Sasha a crié. Elle avait dit pour la première fois de la journée quelque chose d'intéressent et de sincère.

- Papa ! Si tu l'aimes, suis là !

Je l'ai regardée, je voyais sa voiture partir de plus en plus loin. Je suis monté dans ma voiture et je suis parti à sa poursuite. J'essayais de l'appeler sur la route, je tombe sur son répondeur.

- Daphné, écoute-moi ! Arrête-toi, on doit parler. Je t'en prie !

Elle accéléra sur le champ. Je l'avais perdue. De vue ? Oui, je ne la voyais plus. Peut-être que je ne la reverrai jamais. Peut-être que ce n'était qu'un passage de ma vie, et qu'il fallait qu'elle disparaisse. C'était peut-être mieux comme ça. Je me suis garé et ai ouvert la porte. Je respirai profondément, mais silencieusement. Quelque chose d'étrange arriva.

Quelque chose de puissant.

J'étais triste.

Triste de ce qui venait de se passer.

Aimer une personne et la voir partir. Dans ma vie, on peut dire que je l'ai vécu deux fois. Je vous laisse deviner la première fois. Je lui ai dit au revoir. Et je ne l'ai pas vu partir. La deuxième fois, je l'ai vue partir, et je ne lui ai pas dit au revoir. J'ai pleuré. Pendant une heure au volant. J'ignorais complètement la raison de son départ. J'étais pour la première fois depuis la mort d'Irine, tombé amoureux.

Je suis retourné à la maison. Sasha était dans sa chambre, dès qu'elle entendit le bruit de la porte s'ouvrir, elle se précipita dans la salle à vivre.

- Alors papa ?

- Retourne faire tes devoirs.

- Elle est partie ?

Je me suis énervée sans raison, enfin si, mais cette fois Sasha n'y était pour rien.

- A ton avis Sasha ! Tu penses vraiment que si elle n'était pas partie je serai là à déprimer, avec des larmes sèchent sur mes joues ! A ton avis ! Réfléchis ! Est-ce que j'ai l'air d'être heureux ? Si elle n'était pas partie elle serait avec moi en ce moment. Putain Sasha tu fais chier avec tes questions à la noix !

- Arrête de t'en prendre à moi ! C'est toi qui fais chier.

Je me suis assis sur le canapé.

- Ce n'est pas ma faute si elle ne t'aime pas ! Elle avait peut-être trop peur de te larguer.

- La ferme on ne sortait même pas ensemble !

Sasha, voyant que ça m'énervait, continua avec son air moqueur.

- Tu n'es peut-être pas assez beau !

- Sasha.
- Tu embrasses peut-être mal !
- Sasha.
- Elle n'aime peut-être pas ton style vestimentaire, c'est vrai que c'est... spécial.
- Sasha.
- J'ai trouvé ! Tu ne dois pas être très bon au lit papa !
La colère monta. Mais je répondis très calmement.
- Va dans ta chambre.
Elle m'a lancé un regard froid et est allée dans sa chambre. Je me suis assis sur le canapé. J'ai pris un verre de whisky. Même deux. Sasha avait abusé. Encore une fois. Elle a tellement changé depuis son anniversaire. La crise d'ado ? Je ne crois pas.
Ce qui lui arrive ? Je ne sais pas.
Est-ce que Daphné a un rapport avec tout ça ?
Peut-être.
Peut-être pas.

27 novembre
;6h40

Les jours ont passé, aucune nouvelle de Daphné. Entre Sasha et moi, toujours pareil. J'ai essayé de lui parler une ou deux fois. Elle ne me répondait jamais. Ce matin, comme tous les matins, je vais la réveiller. J'entre dans sa chambre.
- Sasha ?
Personne. Lit vide. Fenêtre grande ouverte. Une lettre, sur son lit. Je l'ouvre ;

Papa,

Au moment où tu liras cette lettre, je serai partie.
Où ? Je ne sais pas. Quand je reviendrais ? Peut-être jamais.
Tu l'ignores sans doute mais je connais la vérité. Une vérité que même toi tu ignores. Pour tout te dire, je viens de me rendre compte que le début de ma petite vie était un mensonge. La tienne aussi. Comment as-tu pu vivre ainsi ? Comment as-tu fait pour ne pas te rendre compte de ce qu'il s'est réellement produit. Il y a une chose que je peux te dire ; ta version, à laquelle tu crois, est fausse. Tu es sûrement en train de te dire que tu ne comprends pas. Eh bien moi, quelqu'un m'a racontée la vérité. Peut-être que cette personne dit n'importe quoi ? Tu penses ? C'est étrange parce que moi je la crois. Mais qu'est-ce-que je raconte ? Toi aussi tu fais peut-être semblant depuis le début ? Tu sais peut-être tout mais tu n'as jamais osé me le dire. De peur de me blesser ? Parce que pour toi me faire vivre dans un mensonge

pareil n'est pas déjà me blesser ? Tu penses sans doute que je suis trop naïve ? Tu comptais me dire la vérité quand ? Quand je serai partie et que je ne vivrais plus avec toi ? Pour toi, à vingt ans on encaisse mieux le choc que si on savait tout depuis le début ?

Je te vois bien derrière la feuille. Tu te demandes qu'est-ce-que je raconte ? De toute façon je ne suis qu'une gamine qu'on ne prend pas au sérieux après tout.

Ecoute, je n'ai pas écrit cette lettre pour que ton but soit de retrouver la personne qui m'a tout dit. J'aimerai cependant que tu découvres par toi-même la vérité qui m'a été informée. Tu n'as pas besoin de faire des recherches, tu as seulement besoin de réfléchir aux moindres détails de ton passé. Tu es même plus informé que moi sur ce qu'il s'est produit. Tu étais là toi, présent. Moi, je n'étais pas née, enfin, pas encore.

Tu n'as donc pas remarqué quelque chose ces derniers temps ? Peut-être que ton coup de foutre avec Daphné était impossible à éviter. Daphné n'est peut-être pas venue ce jour dans ton cabinet pour un problème avec sa mère. Réfléchis.

Des souvenirs reviennent ? Non, même pas ? Comment peux-tu oublier une chose pareille ! A cause de toi et de ta foutue mémoire, j'ai complètement ignoré tout ça. Mais moi, contrairement à toi, je connais tout ! Toi, tu ne te rappelles de rien.

Pourquoi je pars ? J'ai seulement besoin de respirer. Quand tu comprendras ce que j'ai découvert, tu sauras me trouver.

La vérité.

Tu la connais.

Réfléchis.

Ta fille.

J'ai plié la feuille et l'ai mis dans ma poche. Je suis resté dix bonnes minutes sur son lit. Je me suis endormi aussi. Je ne sais pas combien de temps mais quand je me suis réveillé je me sentais comme avant. J'étais perdu. Je ne comprenais rien. Quelle est cette vérité ? Pourquoi est-ce qu'elle parle de Daphné ? Il y a bien un lien avec elle.

- J'appelle la police.

Je prends mon téléphone et tape le numéro.

- Allo, services de police bonjour.

- Oui, c'est pour signaler une disparition.

- De combien de temps ?

J'ai repensé aux quelques mots que Sasha a écrit « *Quand tu comprendras ce que j'ai découvert, tu sauras me trouver* ». La police ne m'aidera en rien, je dois moi-même aller la chercher.

- Monsieur ? Allo ?

- Fausse alerte, au revoir.

J'ai raccroché.

La vérité.

Mais quelle vérité ?

Une vérité en rapport avec Daphné.

Et Sasha.

Pourtant elles n'ont rien à voir ensemble ?

Peut-être que si finalement.

Je suis descendu dans la cuisine pour manger un petit encas. Je me suis assis à table. Je réfléchis. Sans savoir pourquoi, ma main prit mon téléphone et appela Daphné. Ça sonne.

- Allo ?

- Allo Daphné. C'est Joshua.

Elle ne s'attendait pas à entendre ma voix d'aussitôt.

- Laisse-moi tranquille.

- Non ! Daphné ne raccroche surtout pas. Laisse-moi parler. Je dois te poser une question. Tu es d'accord ?

Elle semblait décidée à faire ce que je voulais pour raccrocher au plus vite.

- Vas-y.

- Sasha est partie et m'a laissé une lettre. Elle parle de toi aussi. J'ai une question. Qu'est-ce-que tu viens faire là-dedans ?

Silence total.

- ça n'a pas la même importance si c'est moi qui te le dis. Tu dois le comprendre, toi-même.

- Mais je ne comprends rien !

- Au revoir.

Elle a raccroché.

- Putain ! Mais où es-tu Sasha ? Qu'est-ce-que tu veux me faire comprendre ! Ce ne serait pas plus simple de tout me dire.

Je pris mes clefs et pris la direction de chez Daphné. Je toque. Elle ouvre. Dès qu'elle vit mon visage, elle referma ma porte.

- Daphné ! Ouvre-moi. Je t'en prie.

Evidemment, j'essayais d'ouvrir la porte, mais elle l'avait fermé à double tour ! Il y a vraiment quelque chose qu'elle me cache. Qu'elle ne veut pas me dire.

- D'accord ! Je vais compter jusqu'à trois, si tu n'ouvres pas la porte alors je partirai et je ne reviendrai plus jamais.

S'il-te-plait Daphné.

Un...

J'attends un moment.

Deux...

- Attention je vais dire trois ! Tu veux vraiment que je le dise ?

Trois !

J'ai attendu dix secondes. Les larmes au bord des yeux, j'avais au fond de moi un peu d'espoir qu'elle ouvre la porte, mais malheureusement elle ne l'a pas ouverte.

J'ai fait demi-tour. Je suis monté dans ma voiture et je suis parti. J'ai roulé deux heures avant de m'arrêter à un bar. Ma bouche toute sèche ne demande qu'à boire. Je rentre. Le bar est rempli d'alcooliques, tous bourrés. Vous voyez les bars que l'on voit dans les films ? Ceux où on n'a pas forcément envie de se retrouver ? Avec tous ces hommes baraqués, tatoués de la tête aux pieds, qui font peur. Vous voyez ce genre de bars ? Eh bien c'est tout à fait un bar de ce genre.

Je vais au comptoir. Tout à coup, l'intensité sonore de la pièce a diminué, voir disparu. Tous les yeux sont braqués sur moi. Un d'eux s'approcha, deux têtes de plus que moi, il faut imaginer l'engin ! Il cracha par terre avant de dire :

- Qu'est-ce-que tu fous là ?

- Pardon ?

- Ici c'est un endroit privé, tu comprends mon bonhomme ? T'es accepté parmi nous, tu restes. On ne t'aime pas, tu dégages c'est clair ?

- Oui, mais je voulais juste boire un coup.

- T'as soif ?

J'ai hésité à répondre. J'ai peur ! Cet homme doit peser cent cinquante kilos !

- Oui.

Il m'a fixé, avant de dire au barman :

- Sers lui un coup !

Il a pris une bière de deux litres et me l'a tendue.

- Je dois tout boire ?

Il m'a ouvert ma bouteille avec ses dents. J'ai compris que la réponse était oui.

- Je ne peux pas tout boire ! Je conduis après et puis je suis incapable de boire une telle quantité d'alcool.

Il a inspiré profondément, énervé de ma réponse sans doute. Il s'est approché de moi lentement et a crié près de mon visage :

- Tu n'as pas entendu ce que je t'ai dit tout à l'heure ? On ne t'aime pas, tu dégages ? Tu refuses de boire ? Alors tu n'as rien à foutre là, on ne rigole pas ici mon bonhomme, on est des durs, des vrais hommes quoi ! Donc t'as intérêt à m'écouter mon petit. Je pense que tu ne sais pas qu'est-ce-que je peux faire avec mes deux mains !

C'est dans ces conditions que l'on oublie que l'on est un homme et que l'on a qu'une seule envie, c'est de fuir comme une petite fillette le ferait. Il était hors de question que je me laisse faire ! Je n'ai pas réfléchi aux conséquences et j'ai dit d'un ton ferme et précis ;

- Ecoute ! Je suis venu dans ce bar seulement pour boire un verre, je ne t'ai jamais demandé ton avis ? Tu viens me dire que si tu ne m'aimes pas je dois partir ? Mais tu sais quoi ? Je ne suis pas venu ici pour me faire des amis et pour savoir qui m'aime ou non. Tu crois que tu me fais peur juste parce que tu es tatoué de la tête aux pieds et que tu fais deux têtes de plus que moi ? Je ne sais pas toi mais moi, à mon avis, les personnes qui ont besoin de se tatouer, de se muscler, de se foutre des piercings de la tête aux pieds, c'est ceux qui sont en fait les plus peureux et qui veulent seulement se cacher derrière un autre corps qui n'est pas le leur ! Alors, tu sais quoi ? Que tu m'aimes ou non, je peux te dire que je n'en ai strictement rien à foutre.

J'ai bu une gorgé de la bière et l'ai donnée au barman. J'ai fait un pas en avant brusquement. Il a sursauté. Je suis sorti du bar, fier de moi. Pour tout vous dire, j'ai vraiment cru que j'allais faire sur moi tellement j'ai eu peur ! Et ça a marché, j'avais raison, ce n'est pas le corps de la personne qui fait qui il est.

Je monte vite dans ma voiture et pars à toute vitesse.

Je ne sais pas où je vais mais ce que je sais, c'est que je vais découvrir.

Où se trouve ma fille.

Je roulais quand je m'aperçus que quelque chose était posé sur le siège voisin.

Une enveloppe.

Je m'arrête et la prend. Dessus, une écriture. Un prénom. Le mien.

Je l'ouvre. Il y a une photo.

Une échographie d'un bébé.

Mais pas de n'importe quel bébé.

Sasha.

-15-

;17h25

Oui, c'est bel et bien l'échographie de Sasha. Le prénom était affiché sur plusieurs des autres documents se trouvant dans l'enveloppe.

Qui m'a déposé cette lettre ? Elle n'y était pas avant que j'entre dans le bar. Quelqu'un l'a déposée dans ma voiture pendant que j'y étais. Mais qui ? Et personne ne possède ces photographies. Seulement les parents, Irine et moi, et même moi je ne sais plus où je les ai mises.

Tellement de questions me viennent à l'esprit. Pourquoi cette personne me donne une image et des documents en rapport avec la grossesse d'Irine ? Comment a-t-elle eu ces documents confidentiels que seuls les parents possèdent ? Que veut-elle me faire comprendre ? Quel est le message qui se cache derrière cette image ? Je suis perdu. Complètement.

Je passe la première et repars. Je m'arrête près d'un parc vide et y vais.

Je m'allonge contre un arbre. Mes paupières commencent à se fermer. Je m'endors.

;18h55

Je me réveille tout doucement. Mon dos me fait très mal, c'est vrai que je n'ai pas dormi dans une bonne position. Je m'étire. Quelque chose est posé sur mes cuisses.
Encore.
Encore une enveloppe.
- C'est maintenant sûr, cette personne me suit.
Je l'ouvre. Il n'y a pas de photo. Seulement deux dates inscrites sur une feuille blanche :

08/07/1978, 29/10/2004.

Facile. La date de naissance d'Irine et celle de Sasha. Pourquoi me rappeler ces dates ? Comme si je les avais oubliées ?
Je pose l'enveloppe à côté de moi et m'allonge sur le côté. Je suis épuisé, j'ai froid, et je suis affamé.
Je ne sais même pas où se trouve ma fille. Je n'en ai aucune idée.
J'ai tout perdu, ma femme, ma fille et même Daphné.
Je n'ai plus qu'à dormir et espérer ne jamais me réveiller.

- Papa ! Papa !
- Sasha ?
- Papa ! Tu m'as retrouvée, je savais que tu y arriverais.
- Chérie, dis-moi ce qui se passe ! Toute l'histoire, Daphné, ta mère, tout !
- Je vais tout te dire.
- Assis toi.
- Il faut seulement que tu te remémores tous les moments du passé. Tout ce que tu as fait avec maman. Enfin papa ! Tu ne remarques rien ? Vraiment ?

Je me réveille net.

- Putain ! Ce n'était qu'un putain de rêve ! Fais chier j'en ai marre.

J'ai crié ;

- Ce n'est pas plus facile de me dire la vérité plutôt que de me faire réfléchir ! Je n'y arriverais pas ! Je ne trouverai pas ce qui se passe.

Irine est morte ! Je ne vois pas ce qu'il y a à comprendre ! Et que vient foutre Daphné dans l'histoire ! Irine était ma femme, la mère de Sasha et elle est morte ! Le 29 octobre 2004…

Je me suis arrêté. J'ai pris la feuille avec les dates inscrites.

08/07/1978, 29/10/2004.

- ça ne représente pas la naissance d'Irine et Sasha, mais plutôt la naissance et la mort d'Irine.

J'ai pris ma tête entre mes mains.

- ça n'explique rien non plus.

J'ai repensé à ce que disait Sasha dans mon rêve « *Il faut seulement que tu te remémores tous les moments du passé »*

- Tous les moments du passé ? J'avais une petite vie paisible avec Irine avant la naissance de Sasha. Je ne vois pas ce que je dois remarquer !

Je pris l'enveloppe et partis dans ma voiture. J'ai démarré et suis parti à tout allure.

Où je vais ? Je vais voir ma femme. Enfin, ce qui reste de ma femme.

Au bout de deux heures de route, j'arrive enfin au cimetière où l'on a enterré Irine. Je me rends sur sa tombe. Je m'allonge à côté. Je lui parle. Vous pouvez croire que je suis fou et que je parle à une personne morte. Mais quand j'avais un problème et que ça n'allait pas bien pour moi, je lui parlais. Et alors ? Elle n'est plus là, d'accord, mais ce n'est pas pour autant que je ne peux plus lui parler de mes problèmes.

- Tu te rappelles chérie quand on a appris que Sasha existait. C'était tellement émouvant, j'étais si heureux. Je ne pouvais pas rêver mieux. Une merveilleuse femme, un magnifique enfant. Tu te rappelles quand nous sommes allés voir le concert de ton chanteur préféré. J'avais supplié ton père de t'emmener, on avait quoi ? dix-sept, dix-huit ans ? Pendant le concert, je ne connaissais aucune parole et je faisais semblant juste pour ne pas avoir l'air débile.

Je suis en train de pleurer et de rire en même temps. Tant de souvenirs me viennent.

- Et tu te rappelles aussi le jour où tu étais venu dormir chez moi, on avait quinze ans, je crois. C'était tellement bizarre, tu étais gênée devant mes parents. Tu n'osais pas te mettre en pyjama. On n'avait pas dormi de la nuit, on n'arrêtait pas de rire aux éclats sans raison.

Je caresse sa pierre tombale.

- Tu me manques tellement. Quand on a appris que le bébé était en danger et que tu devais tout de suite accoucher, j'ai paniqué mais je pensais que tout allait bien se passer. Ça n'a pas été le cas pour toi. Et pour moi aussi. J'ai perdu ce qui m'était le plus cher. Mais il y a quelque chose d'étrange. Du moment où je t'ai déposé à l'hôpital jusqu'au moment où j'ai su que tu n'avais pas survécu. Je ne me souviens de rien. C'est un vide ! Comment c'est possible ?

Le visage de Daphné m'est venu à l'esprit.

- Quand j'y pense. Il y a quelque chose d'étrange avec elle. Comme si elle connaissait ma vie depuis le début. Tu veux des exemples ? Evidemment. Le coup du croissant, le nombre de sucres que je mets dans mon café, le jus d'orange pressé. Le fait qu'elle m'ait dit lors de notre soirée si tu allais bien, elle avait même dit ; *comment va ma vieille copine ?* Elle ne te connait même pas ! N'est-ce-pas ? Et ça me revient ! Elle avait dit ; *Lorsque l'on connait une personne depuis longtemps et qu'on la revoit des années après, c'est mieux de la tutoyer ou de vouvoyez cette personne ?* Pourquoi m'avait-elle dit ça ? C'est vrai quoi, ce n'était pas notre cas. On ne se connaissait pas d'avant. Peut-être que si ! Mais oui ! Evidemment, c'est logique, je dois sûrement la connaitre d'avant. C'est pour ça que quand elle passait sa main dans ses cheveux ça me rappelait quelque chose ! Logique.

Mais je ne vois pas d'où je la connais.

Elle m'avait aussi dit quand j'étais parti une phrase assez étrange ; *Je vois que tu as toujours le don pour partir au bon moment.*

Pourquoi ? Je ne comprends pas.

Je prends la lettre de Sasha et la relis.

- C'est elle ! C'est daphné qui l'a dit à Sasha, qui lui a dit la « vérité ». Mais qu'est-ce-qui se passe à la fin ?

J'ai caressé les lettres creuses sur le tombeau d'Irine qui composent son nom. Je me suis arrêté sur sa date de naissance et de décès. J'ai reculé, étonné, choqué. J'ai du mal à croire ce que je vois.

- Mais ? Comment ?

La date de décès était correcte mais en revanche, ce n'était pas la bonne date de naissance. Ce n'était plus le 08/07/1978 mais le 18/09/1978.

- ça ne peut pas être une erreur ? Qu'est-ce-qui se passe Irine ?

 Tu n'es pas née le dix-huit septembre.

J'ai respiré profondément.

- C'est un coup monté non ? Ce n'est pas possible que ce soit la réalité ! Mais alors ? Si tu es bien née le dix-huit septembre. Qui est né le huit juillet ?

J'ai commencé à tourner en rond autour de la tombe. Je me suis arrêté.

- Je n'ai pas pu inventer cette date !

Alors cette date est la naissance de qui si ce n'est pas celle d'Irine ?

Je pris la feuille où était inscrite les deux dates

08/07/1978, 29/10/2004.

C'est bel et bien écrit le huit juillet et non le dix-huit septembre. Même si, imaginons que cette date n'a pas de rapport avec Irine. Elle est bien inscrite sur cette feuille donc je ne l'ai pas inventée. Le 8 juillet 1978, une personne que je connais est née. Mais ce n'est pas Irine.

Je me suis allongé. Près de ma femme. Près de celle que j'avais aimé si tendrement. J'ai chanté. Une chanson que nous adorions.

Je t'ai aimé comme un fou
Je t'aimerai comme…

J'ai un trou de mémoire.

- Je l'ai chantée des millions de fois, ce n'est pas possible.

C'est vrai que tout cela est étrange.

- Je ne m'inquiète pour rien, j'ai seulement oublié, je ne l'avais jamais rechanté après que tu meurs, j'avais peur. Les souvenirs quand on dansait dessus. Ou encore le soir de la finale de la coupe du monde de football en 1998. On avait vingt ans ! On avait chanté, on avait fait la fête toute la nuit. On était si heureux d'avoir gagné ! Je m'en rappelle même qu'on était sorti en ville et qu'on avait chanté dans un bar, un karaoké de cette chanson. Tes yeux étaient pleins de larmes tellement tu étais émue.

Quelque chose d'assez étrange arriva. Des images dans ma tête défilaient, des images de cette fameuse soirée. Je me rappelle clairement tout ce qui s'était produit ce soir-là. Pourtant, je ne me rappelle plus du visage d'Irine. Je n'arrive même plus à me rappeler comment elle était.

Oui, c'est vrai, je ne sais plus à quoi elle ressemble ! C'est loin d'être une blague. Je n'ai aucun souvenir du visage de ma femme.

- J'espère que c'est seulement la fatigue. Je l'espère.

J'ai pris mes affaires et je suis reparti en voiture. Pourquoi ma vie se déroule-t-elle comme ça ? J'avais tout ! Une femme, une fille, et maintenant qu'est-ce-que j'ai ? Plus rien, ma femme a disparu et je ne me rappelle même plus de son visage. Ma fille ? Elle a disparu, et j'ignore où elle se trouve. - Qu'ai-je fais bon dieu ? Dites-le-moi ou je risque de devenir fou !

Après tout, je le suis peut-être déjà devenu. Je suis peut-être fou depuis un sacré bout de temps.

- Tout ça n'est que dans ma tête seigneur ? C'est ça ? Je suis sans doute en train de rêver, et je ne me réveillerai jamais, c'est peut-être ce qui arrive quand on meurt ? On se réinvente une vie, en la rêvant. Sans jamais pouvoir se réveiller. Il est où le paradis là-dedans ? Ça à servit à quoi d'aller tous les dimanches à la messe si c'est pour que la fin de la fin ne soit que ça ! Une deuxième vie ? J'y crois encore moins.

Je commence à pleurer, ma thanatophobie refait surface.

- Et si je suis mort et que je suis dans mon rêve infini, peut-être que je rêve d'une autre vie. Je ne suis pas Joshua. Sasha, Irine et Daphné ne sont que des personnages de mon imagination.

Je m'arrête soudainement sur la route et me renverse ma bouteille d'eau sur mon visage.

- Putain Joshua calme toi ! Tu racontes n'importe quoi ! Tu t'imagines l'impossible. Tu deviens fou, c'est clair.

Mais j'ai tellement peur qu'il arrive quelque chose à Sasha.

Merde ! Quelque chose d'important venait de me revenir.
Quelque chose qui m'était sorti de la tête mais qui pourtant, est très important !

- Ses médicaments ! Dans deux jours elle doit les prendre. Je dois la retrouver. Il ne faut absolument pas qu'elle les oublie.

Le compte à rebours vient de commencer.

Plus que 2 jours.

Je redémarre.

Au bout d'une demi-heure, je me rends compte qu'une voiture MERCEDES grise me suit.

- C'est étrange, je ne connais personne qui ait cette voiture.

Je ne vois pas clairement la personne au volant. Il est tard.

21h59.

- Je vais tourner dans la ruelle là-bas. On va voir si elle me suit.

Je tourne et regarde derrière moi. Oui, je suis suivi.

Je m'arrête quelques mètres plus tard. Je sors de la voiture. Il fait sombre, très sombre.

La voiture s'arrête aussi. Mais personne ne sort de la MERCEDES. Je m'approche à pas lents.

- Qui est-ce ?

J'active la lampe sur mon téléphone afin de mieux voir.

- Montrez-vous.

A peine ai-je eu le temps de diriger mon téléphone sur le visage du conducteur qu'il avait déjà mis la première et était parti à toute vitesse.

- Mais qui était-ce ?

Il s'agissait sans doute de la personne qui avait déposé les enveloppes dans ma voiture ainsi que sur mes jambes durant ma sieste. Elle attendait sûrement que je sorte de la voiture pour y déposer une autre lettre.

Une autre lettre ?

Cette personne voulait me donner un autre indice !

Un autre indice.

Je fais demi-tour et reprends le même chemin en sens inverse. Je retomberai peut-être sur cette MERCEDES grise.

Je roule.

23h05

Je ne retomberai pas sur la voiture, trop tard. Elle avait pris un autre chemin.

Il est tard, mais je n'ai pas vraiment le temps de dormir avec tout ce que je dois découvrir. Mais principalement, je dois retrouver Sasha.

Pour ses médicaments.

Sa vie ne tient plus qu'à un fil.

Ce fil ne va pas lâcher.

Je vais le retenir.

J'arrive Sasha, j'arrive.

28 novembre 2018
;2h30 du matin

Cela fait environ trois heures et demi que je roule. Mais cette fois, je sais où je vais.

10, rue des chemins de lys.

C'est l'adresse des parents d'Irine. Je vais aller leur rendre une petite visite. Ils vont peut-être pouvoir m'aider.
Peut-être.
Depuis qu'Irine est partie, je ne suis plus retourné chez eux, c'étaient eux, qui venaient chez nous, chez Sasha et moi. Ils étaient aussi tristes que moi de la voir partir, voir pire. Ce sont tout de même ses parents. Vous imaginez ? Perdre votre enfant après avoir vécu des années avec, l'avoir aimé, l'avoir élevé. Perdre une personne de notre famille est déjà un poids lourd à porter. Pour des parents, perdre son enfant est quelque chose d'horrible. Ils ont un sacré courage. Irine était si proche d'eux. Elle les aimait tellement. Son départ causa un vide de leur vie. Elle était fille unique et était la fille exemplaire, à l'école, tant qu'à la maison. La fille parfaite quoi ! Pourtant, quand elle a commencé à sortir avec moi en fin de collège, ses parents n'étaient pas tout à fait d'accord. Ils avaient peur, peur qu'elle ne reste qu'avec moi et ne travaille plus. Peur qu'elle ne parle plus à ses parents pour rester qu'avec moi. Nous avions que quinze ans. C'est après que ça s'est compliqué. Au lycée, ses parents avaient tout fait pour que je ne me retrouve pas dans le même lycée que leur fille. Pour nous séparer. Pour qu'ils aient ce dont ils ont

envie. Mais pour nous il était hors de question de se séparer. Irine avait fait croire à ses parents que j'allais dans un certain lycée pour qu'ils la mettent dans un autre. Mais mes parents, à moi, aimaient beaucoup Irine et voulaient bien que je continue d'étudier avec. Alors, une fois Irine inscrite au lycée *Henri IV,* mes parents avaient fait de même avec moi. Nous étions de nouveau ensemble. Rien ne nous séparera, même pas ses parents. A notre rentrée de seconde, j'avais rejoint Irine au bout de la rue menant au lycée. Sa mère, qui conduisait la voiture me vit à travers la fenêtre. Elle était bouche bée, sa fille lui avait menti, pour un garçon. C'est ce dont elle avait peur depuis le début. Elle n'y pouvait rien.

Nous avons donc passé trois années ensemble. On a eu notre bac, et ensuite fut l'heure de nous dire au revoir. Nous avions fait une promesse, une vraie, pas celle que personne ne tient. Une vraie promesse que l'on tiendra vraiment. Nous nous étions promis de se retrouver après les études, que même si l'on devait se séparer pour quelques années, on ne se séparerait pas en amour. On s'appellera, on s'enverra des lettres comme les amoureux faisaient au bon vieux temps. En tout cas, personne ne pouvait nous séparer, pas même ses parents, pas même les études et encore moins le destin.

;3h05

Je suis arrivé chez ses parents. Je descends de la voiture et je vais sonner à la porte. Bon, d'accord, je vais sûrement les réveiller. C'est même sûr ! Mais je ne pouvais pas attendre davantage et je ne pouvais pas dormir. Les minutes, les heures, les journées passent si vite ! Je n'ai pas le temps de glandouiller pendant que ma fille risque d'être gravement malade si elle ne prend pas ses médicaments le premier décembre !

Je sonne. Une lumière s'allume.

- Joshua ?

- Bonjour madame Ansen.

- Mais qu'est-ce-que tu fais ici à une heure pareille ?

- Je peux entrer ?

Elle me regarda de la tête aux pieds, elle devait sans doute se demander si j'allais bien.

- Oui, oui bien évidemment, mon mari n'est pas là, il revient demain matin, enfin, aujourd'hui.

Elle regarda l'horloge derrière elle.

Nous nous sommes assis sur la table face à face.

- Que puis-je faire pour toi Joshua ?

- J'ai quelques questions.

- Eh bien vas-y, je t'écoute.

J'avais envie de tout lui raconter, Daphné, Sasha qui s'était enfuis, mais je ne voulais pas l'inquiéter et je voulais seulement des réponses à mes questions.

- Seuls les parents possèdent l'échographie d'un bébé encore dans le ventre de la mère ?

- Evidemment pourquoi me poses-tu la question ?

J'ai pris une pause, et j'ai sorti l'enveloppe contenant l'échographie et la posai devant Honorine.

- Et bien, aujourd'hui, j'ai reçu une enveloppe. Ils y avaient ses documents à propos de la grossesse d'Irine ainsi que cette échographie. Pourtant seuls les parents possèdent ça et les miens sont chez moi.

Elle prit les feuilles entres ses doigts fins.

- C'est impossible Joshua.

- Je le sais ! Je le sais. Je ne sais même pas qui aurait bien pu me les donner et surtout, dans quel but ?

- Joshua, mon grand.

J'acquiesça.

- Les documents sont enregistrés seulement dans l'ordinateur du gynécologue et entres les mains des parents. Personne, j'ai bien dit personne ne peut avoir ces papiers si ce n'est, ni le gynécologue, ni un parent.

- Vous êtes en train de dire que c'est le gynécologue qui me les aurait donnés ?

- ça me semble louche.

- Pourquoi me donnerait-il ça ? Non, non, ça ne peut pas être lui.

J'ai regardé autour de moi, cette maison n'avait pas changé depuis quatorze ans. Ils y avaient des photos d'Irine accrochées, enfin, je crois que c'est Irine, elle est toute petite sur les photos, voir, bébé.

- Joshua ? Si ce n'est pas le gynécologue qui t'as donné ces papiers alors ?

- Alors ça ne peut être qu'un des deux parents, et comme ce n'est pas moi.

Elle prit ma main au-dessus de la table et la serra fort.

- Joshua, voyons, ça ne peut pas être Irine. On ne peut même pas penser à cette possibilité.

Elle avait raison, tout ça, était étrange.

Très étrange.

- Peut-être que tu ne devrais pas te casser la tête avec ça, oublie.

Oublier ? Mais non je ne dois pas oublier ? Si je ne sais pas qui m'a donné la lettre et pourquoi alors je ne retrouverai pas Sasha, il est hors de questions d'oublier !

- Tu as une autre question mon grand ?

J'ai respiré profondément, très profondément. Je m'apprêtais à avoir une réponse qui soit me serait normale, soit, qui changerait tout.

- Dîtes-moi, quand est née Irine ?

Elle me fixa, pendant une longue minute. J'étais peut-être, pour elle, devenu fou. Logique qu'elle se dise ça, je lui demandais quand même quand est née ma femme.

- Joshua, tu déconnes ?

Putain ! Non je ne déconne pas. Réponds la vieille c'est tout !

- Non, quand est née Irine ?

- Irine est née le 18 septembre 1978 tu le sais très bien.

Oh mon dieu !

- Honorine. Connaissez-vous quelqu'un qui est née le 8 juillet 1978 ?

Elle se mit à réfléchir.

- Non, pas dans mes souvenirs.

Je me suis levé et je suis allé vers les photos d'enfance d'Irine. Honorine s'approcha de moi.

- Regarde là, elle avait à peine six mois. Elle était si belle !

Sur cette photo, Irine était allongée dans son lit, sans doute devait-elle dormir, elle avait les yeux fermés. Je pensais que son visage allait revenir dans mon esprit mais définitivement, non. Ce bébé était beau, évidemment, mais en le regardant, je n'avais pas l'impression que cet enfant avait le visage d'une personne que je connaissais.

Elle pointa du doigt une autre image.

- Et là ! Elle avait quoi ? Six ans ? Elle adorait jouer dans ce parc tous les mardis soir après l'école. Elle y allait souvent avec son père mais aussi de temps en temps avec moi.

Elle caressa son visage sur l'image où l'on voit Irine en haut d'un toboggan au milieu de nombreux parcours d'escalades.

- Tu as vu Joshua comme ta femme était déjà belle à l'époque.

- Oui, si belle.

Si belle, peut-être, mais ce visage ne me rappelait toujours rien. Elle avança pour me montrer une autre photo, j'ai l'impression que je vais avoir droit à la vie en image d'Irine, de ses six mois jusqu'à ses vingt-six ans.

- Oh, Joshua ! Je me rappelle comme si c'était hier de cette journée. C'était en 1988, dix ans qu'elle avait !

Sur la photo on peut apercevoir Irine, encore, accompagnée de son père, Hervé. Ils se trouvent devant des lémuriens, au zoo, un était posé sur l'épaule du papa et un autre s'accrochait à une branche derrière. Irine était plutôt jolie gamine.

- Ah ! Tu as vu ce visage, elle a gardé sa jeunesse toute sa vie ma belle Irine, elle n'a pas changé tu as vu ?

J'aimerai bien répondre « oui, elle n'a pas changé » mais décidément, le visage d'Irine est effacé de ma mémoire. Mais comme je ne veux pas faire peur à belle maman, j'ai seulement acquiescé. Madame Ansen m'emmena à l'étage, il y avait une autre photo en haut des escaliers.

Eté 1992, C'était écrit en haut de la photo. Dessus, il y avait Irine, en maillot de bain au bord de la mer, avec d'autres enfants de son âge.

- Eh bien Joshua tu ne remarques rien ?

J'examina la photo, non, je ne remarquais rien.

- Dis-moi ? Où as-tu passé ton été en 1992 ?

- 1992 ? J'avais quinze ans. J'ai dû partir en camping avec mes parents comme tous les ans ?

- Non pas cette année, regarde sur la photo.

Elle pointa du bout de son index un garçon à côté d'Irine, c'était moi.

- J'étais parti en vacances avec Irine ?

- Oui, avec nous.

- Mais vous ne m'aimiez pas ?

C'est vrai quoi ? Ils me détestaient ! Jamais ils ne m'auraient emmené en vacances avec eux ? Et encore moins pour que je passe du temps avec leur fille !

- Oui, c'est vrai, au début c'était plutôt difficile pour nous. On n'imaginait pas que notre petite fille pouvait avoir un copain, mais on s'est rendu compte qu'elle n'était plus si petite que ça finalement. Et comme Irine t'aimait on devait t'accepter. Elle voulait absolument que tu viennes en vacances avec nous.

- Vraiment ?

- Et comme elle en avait tant envie on a demandé à tes parents qui ont dit oui sans problème, ce n'était qu'une semaine. Enfin Joshua, je te dis ça mais tu étais là, tu dois sûrement t'en rappeler ?

Et bien non, non je ne me rappelle de rien. Comment ai-je pu oublier que j'étais parti en vacances avec Irine en 1992 ? Ce n'est pas une chose qu'on oublie ! J'avais même oublié que finalement ses parents n'avaient rien contre moi. Et en plus de ça, sur la photo j'étais bel et bien à côté d'Irine, mais ce visage ne me rappelle toujours rien, comme si je ne la connaissais pas, comme si, c'était une inconnue.

17

;3h05 du matin

- Joshua ? Tu te rappelles de ces vacances ?
- Honorine, non, je ne m'en rappelle pas.
- Viens avec moi.
Nous sommes descendus.
- Reste assis, je reviens, ça devrait te rappeler quelques souvenirs.
Espérons. J'espère enfin me rappeler du visage d'Irine, de ma femme.
Honorine revient avec une vieille boîte dans ses mains. Elle s'assoie en face de moi et ouvre la boîte.
- Ah ! J'ai trouvé. *Eté 1992*. Regarde cette photo.
Elle me la tend et la prend. Il y a Irine et moi dans la voiture avant sans doute, de partir en vacances. J'ai un livre dans la main et Irine a posé sa tête sur mon épaule.
- Et ça ? Tu t'en souviens ?
- Non, pas du tout.
Elle prit une autre photo et me la tendit. Nous étions à l'aéroport. On voit distinctement les avions à travers les vitres. J'étais assis sur un siège et Irine sur mes genoux.
- Et quand nous attendions avant de décoller ?
- Je ne me souviens de rien.
Elle fouilla dans la boîte, comme si elle allait retrouver le bout de mon cerveau qui avait disparu et avait causé ma perte de mémoire.
- Tiens regarde ça, si tu ne te rappelles pas de ça alors c'est qu'il n'y a plus aucune trace de ce moment dans ton cerveau.
Je pris la photo entre mes doigts et la retourna.
Honorine me dit :

- C'est Irine et toi, au bord de l'eau, vous regardiez les étoiles. Il était tard, je me souviens que vous étiez partis des chambres d'hôtels en douce. Moi je vous avais vu partir et je vous avais suivis. Quand j'ai vu que vous regardiez seulement les étoiles au bord de l'eau sur le sable, j'ai pris une photo et je suis partie me recoucher. Le lendemain j'en ai reparlé à Irine pour savoir ce que vous avez fait hier faisant croire que je ne vous avais pas suivis et elle m'avait répondu :
« - On a parlé de tout et de rien, on a aussi donné un nom à une étoile, on a dit que ce serait la nôtre. Comme si c'était notre enfant et que l'on ferait tout pour que cette étoile puisse vivre pour l'éternité et qu'elle ne disparaisse jamais. »
Alors je lui ai demandé le nom de cette étoile.

Honorine s'arrêta, quelques secondes puis repris.
- Elle me répondit :
« Sasha. »

Une larme coula le long de ma joue. Je me sentais coupable, coupable de ne pas m'être rappeler de ça plus tôt.
- Tu t'en souviens maintenant ?
- Oui, ça y est.
- Pourquoi pleures-tu Joshua ?
- Parce que je viens seulement de comprendre. Irine voulait appeler notre enfant Sasha en rapport avec ce moment. Je ne m'en rappelais même plus, je n'avais même pas compris ! Notre étoile, notre enfant avions-nous dit.
- « On fera tout pour que cette étoile puisse vivre pour l'éternité et qu'elle ne disparaisse jamais » Irine m'avait dit ça.
- Et elle a gardé sa promesse. Elle a tout fait pour que notre étoile puisse vivre. Elle est décédée pour que Sasha vive, notre étoile.

Un silence se posa. Honorine avait les larmes aux yeux et moi, mes larmes étaient sur mes joues. Je me rappelle parfaitement de ce moment, mais je ne me souviens toujours pas du visage d'Irine, enfin je l'ai vu sur les photos, mais, ce visage m'est encore inconnu.

- Je pense que tu devrais partir rejoindre ta fille chez toi et te reposer.

Rejoindre ma fille ? Oh ! Belle maman si tu savais.

- Oui, je vais y aller, merci pour tout.

Je pris la porte et montais dans ma voiture. La mère d'Irine m'a rappelé un souvenir mais ce n'est pas pour autant que je sais où est Sasha et encore moins pourquoi je ne me souviens plus du visage d'Irine. Mais maintenant je suis sûr d'une chose, le visage d'Irine a été effacé de ma mémoire. Depuis quatorze ans, je n'avais même pas réalisé que je ne me souvenais en aucun cas du visage d'Irine, de ma femme.

;3h40 du matin

Je roule depuis environ vingt minutes. Je retourne chez moi. J'y découvrirai peut-être quelque chose.

;4h10

Il fait sombre, j'arrive à voir la route grâce à mes fars et encore, je reste prudent. J'allume la lumière au-dessus de ma tête. Il commence à pleuvoir et j'allume les essuie-glaces, ils restent bloqués.
- Oh fait chier rien ne marche !
Je m'arrête au bord de la route et sors de la voiture, assez pour que je me retrouve trempé. Mon téléphone à la main en tant que lampe torche, je le dirige vers les essuie-glaces. Effectivement, quelque chose les bloquait.
- Je n'y crois pas.
Une enveloppe, encore.
Je la prends et retourne dans ma voiture. L'inconnue avait dû la déposer quand j'étais chez Honorine Ansen. Je retourne vite dans la voiture, l'enveloppe est déjà trempée.
Je l'ouvre doucement, je me demande bien ce qui se cache dedans.
Une photo. *« 1998, à mon amour éternel. »*
Irine et moi, évidemment, posés chez moi sur mon canapé. On peut apercevoir Jawad, mon grand ami caché derrière le sofa.
- Oh mais je me souviens ! C'était la finale de la coupe du monde de football, on était restés tous les trois !

Mon regard resta bloqué sur le visage d'Irine. Comparés aux fois précédentes, son visage m'était familier.

- Oui ! Je la connais cette tête.

Evidemment, c'est ma femme. Mais pourtant non, je connaissais ce visage, mais pas en tant que visage de femme. Il me rappelait quelqu'un oui, mais pas Irine.

- Pourquoi m'avoir donné cette photo ?

Je la regarde à nouveau.

- Jawad !

Mais oui ! Il connaissait très bien Irine, c'est mon meilleur ami depuis le collège ! Je lui parlais déjà d'Irine quand je ne sortais pas avec. Il va sans doute m'aider, encore plus que Honorine. Je vais retourner chez moi et je vais lui demander de passer.

Je prends mon téléphone dans la boîte à gants et clique sur le contact nommé « Jawad ».

Ça sonne.

- Joshua ? Il est quatre heures du mat tu n'es pas sérieux de m'appeler à une heure pareille ? T'es fou !

- Excuses-moi de t'avoir réveillé mais j'ai besoin que tu passes à la maison.

- Là ? Tout de suite ?

- Maintenant oui.

Je l'entendis souffler à travers le téléphone.

- J'arrive dans dix minutes.

Il raccrocha. Jawad et moi sommes très proches depuis une bonne paire d'années. C'était mon vieux pote de collège, au lycée aussi et même aujourd'hui. Je le considère un peu comme mon frère. On se dit tout, absolument tout. Je ne sais pas pour l'instant si je vais lui raconter pour Sasha et Daphné. Même si l'on se dit tout, il faut parfois faire des exceptions.

;4h25

La voiture de Jawad est garée devant ma maison. Il n'est plus dans sa voiture.

- Jawad ?

Pas de réponse. J'ouvre la porte de ma maison et entre. J'avance.

- Hey Josh, je suis là.

Il me fit sursauter.

- Comment t'as fait pour rentrer ?

- Tu sais bien que je sais où tu caches tes doubles de clefs.

Je me suis assis sur le canapé à côté de lui.

- Alors ? Pourquoi tu m'as fait venir ? Il faut avoir une sacrée bonne excuse pour me réveiller dans la nuit alors je dormais profondément.

- Eh bien…

Que dois-je faire ? Lui dire ? Arrêter d'affronter ça seul et demander de l'aide ? Me taire et continuer mon enquête et seulement lui poser des questions ?

- Qu'est-ce qu'il y a Joshua ?

Que dire ? Que faire ?

- Putain ? Il se passe quoi accouche !

- Jawad.

Il me fit un signe de la tête et posa sa main sur mon épaule.

- T'es sûr que ça va ?

Il fallait que je lui dise tout ce que j'ai sur le cœur, alors j'ai tout balancé, d'un seul coup, je n'avais jamais parlé aussi vite de ma vie.

- Non Jawad ça ne va pas putain aide moi. Je ne sais pas où est Sasha et elle doit prendre ses médicaments dans deux jours. J'ai oublié le visage d'Irine enfin non, je l'ai vu en photo mais j'ai l'impression que son visage ne me dit rien. J'ai aussi rencontré cette fille, Daphné et elle connait quelque chose que j'ignore. Je crois que c'est elle qui a dit à Sasha de partir parce que je devais connaître une vérité mais je ne sais pas de quoi elle parle ! Je suis allé voir la mère d'Irine qui m'a rappelé qu'un soir de 1992, Irine et moi étions en vacances et alors qu'on avait que quinze ans on avait déjà décidé qu'on appellerait notre enfant Sasha et que ce serait notre étoile je ne sais pas trop quoi. Il y a une personne qui dépose des enveloppes dans ma voiture avec des trucs étranges en rapport avec Irine. Je ne sais pas qui me donne toutes ces enveloppes ! Je suis perdu, j'ai l'impression que tout ça ne va jamais s'arrêter.

Il était bouche-bée.

- C'est bon, t'as fini ?

- Oui.

Il prit sa tête entre ses mains.

- Je ne sais pas trop quoi dire. Je n'ai pas vraiment compris tout ce que tu viens de dire mais j'ai capté quelques éléments.

- Jawad s'il-te-plaît répond franchement, je vais te montrer une photo que quelqu'un a mis dans ma voiture. Dis-moi s'il s'agit bien d'Irine.

- Attends ? Tu ne te rappelles vraiment pas de son visage ?

- Plus aucune trace dans mon cerveau.

Et non mon cher Jawad, ce n'est ni une blague ni un scénario complètement fou.

- Vas-y montre la photo.

Je sortis la photo de l'enveloppe, délicatement, j'avais peur de ce qu'il allait me dire, ce n'était peut-être qu'une photo montage avec le visage d'une autre personne juste pour me rendre fou.

Je lui tends.

- Alors ?

- 1998, coupe du monde de football, on avait gagné ! Les rues débordaient de personnes heureuses criant, sautant partout. Qu'est-ce qu'on était heureux nous aussi ! On avait même ouvert une bouteille de champagne et aussi…

- Putain Jawad je sais, j'étais là je m'en souviens.

- Excuses moi, tu ne sais plus à quoi ressemble Irine, t'as peut-être oublié plein de choses.

Pas tort.

- Alors ? C'est Irine sur la photo ?
- La fille là à côté de toi ?

Je hochai de la tête.

- Evidemment Josh que c'est Irine.

Je me frottai les yeux en signe de désespoir

- Tu n'as vraiment aucun souvenir ? Même pas un seul avec Irine ?
- Aucun.

Il me tapa sur l'épaule et reprit.

- Ne t'inquiète pas je vais t'aider. Est-ce qu'une fois je t'ai laissé tomber ?
- Non.
- Est-ce qu'une fois je suis parti alors que tu avais besoin de moi ?
- Oui, là oui ! Quand j'ai parlé à Irine la première fois au collège j'avais clairement besoin de toi et tu m'as laissé tout seul !
- Ah bah tu vois, des souvenirs reviennent.
- Je me souviens de tout ce qu'il s'est passé auparavant, seulement, pas d'Irine.
- Je comprends.

Non, tu ne peux pas comprendre.

Je partis dans la cuisine prendre un verre de lait frais comme aime Jawad. Je me rassis à côté de lui. Il engloutit le verre en à peine cinq secondes !

- Parle-moi de cette Daphné.
- Je l'ai rencontrée au cabinet. Elle avait rendez-vous avec moi par rapport à sa mère où je ne sais plus trop quoi, elle m'avait charmé un peu au début mais elle s'est vite calmée. La séance s'était plutôt bien passée à vrai dire. Elle est revenue quelque temps après dans le cabinet pour m'inviter à manger et puis j'ai

accepté. Au restaurant, elle avait commandé tellement de nourritures chères et même du champagne je n'avais rien compris. Ça à mal fini, elle était étrange à table je ne comprenais rien à ce qu'elle disait. On s'est revu aussi pour boire un verre, ça à mal fini, encore. Ce soir-là j'avais bu, beaucoup. J'étais bourré et m'était endormi dans ma cuisine, Sasha l'avait appelé pour m'aider.

- Attends ? Sasha était au courant pour Daphné et toi ?

- Justement, non. Maintenant que tu me le dis, peut-être que ce n'est pas Sasha qui avait fait appel à Daphné.

- Peut-être que c'était l'inverse.

- Et après avoir récupéré Sasha au collège le midi, Daphné avait pris la fuite. Et c'est quelques jours après que Sasha avait laissé la lettre et était partie.

- La fugue de ta fille à un rapport avec Daphné

- C'est aussi ce que je me suis dit.

- Passe-moi la lettre de Sasha.

Je lui tends et il la lit à voix haute.

- Alors Jawad ?

- Quand est-ce qu'elle doit prendre ses médocs ?

- Dans un peu moins de deux jours, le premier décembre.

- D'accord, on va rassembler tous les éléments qu'on a et créer des liens entres eux. Passe-moi toutes les enveloppes qu'on t'a données.

Je lui tendis l'enveloppe contenant l'échographie, celle avec les dates, et aussi la photo de 1998.

Jawad aurait été bon flic.

Il posa tout sur la table.

- Une échographie ainsi que les documents allant avec. Seuls les parents ont ces papiers.

- Oui, logiquement.

Jawad regarda le nom du gynécologue.

- Docteur Boutier.
- Oui, c'était le gynéco.
- Pourquoi on n'irait pas lui rendre une petite visite ?
- Premièrement, il est cinq heures du mat, deuxièmement, il ne va rien nous apporter de plus à part nous dire que ces documents sont bel et bien les vrais.
- T'as raison.
Fou qu'il fût, complètement.
Il regarda ensuite les dates

08/07/1978, 29/10/2004.
- Qui peut bien être né un huit juillet ?
- Je pensais que c'était Irine mais sa mère m'a rappelé que non.
- Tu es allé voir sa mère ?
Bonne déduction Sherlock Holmes.
- Oui, mais elle m'a seulement rappelé un vieux souvenir avec Irine en vacances sous les étoiles.
- Et son visage ce jour-là, sous les étoiles, tu t'en souviens ?
- Non, seulement du moment et de nos belles paroles.
Il relit à voix haute cette date.
- Dis Joshua ? Tu penses que cette date à un rapport avec Daphné ?
- Peut-être, peut-être pas. Mais en tout cas la deuxième date à bien un rapport avec Irine.
- Oui, la date du décès.
Il continue de dire cette date qui me rappelle tant Irine. Pourquoi ? Elle n'a pourtant aucun rapport avec elle.
- Jawad, je sais que quelqu'un est né le 8 juillet 1978 ! Quelqu'un que je connais est né ce jour-là mais je n'arrive pas à mettre la main dessus.
Jawad prit une feuille et écrivit ces quatre prénoms.

JOSHUA
IRINE
SASHA
DAPHNE

- Cette date n'est déjà pas ta date de naissance.

~~JOSHUA~~
IRINE
SASHA
DAPHNE

- Ni celle de Sasha.

~~JOSHUA~~
IRINE
~~SASHA~~
DAPHNE

- Et ce n'est pas celle d'Irine non plus.

~~JOSHUA~~
~~IRINE~~
~~SASHA~~
DAPHNE

- Dis-moi Joshua ? Sais-tu quand est née Daphné ?
- Non, je ne sais pas.
- Tu ne lui as pas demandé pendant votre rendez-vous ?
Pas bête.
- Si ! Pendant la séance, je demande à tous les patients, attends je vais chercher mon classeur.

J'attrapai ma sacoche et sortis mon classeur. Je l'ouvris et chercha la feuille correspondant au patient « Daphné Delange ».

- Alors tu as trouvé ?

- Oui.

Mes mains tremblent, je regardai la ligne correspondant à la date de naissance.

- Alors Jawad, elle est née quand ?

- Le 8 juillet 1978.

- Eh bien voilà.

Je lui montre du doigt la date.

Il entoura le mot « Daphné » sur le papier avec les trois autres prénoms rayés.

- Joshua, tu vas peut-être trouver cela étrange mais j'ai comme l'impression que c'est Daphné qui t'a déposé ces enveloppes.

- Je t'avoue que j'y ai songé aussi.

Jawad ferma les yeux quelques instants. Fatigué ? Sans doute, mais il voulait surtout m'aider. Il rouvrit les yeux et dit :

- A ton avis ? Pourquoi Daphné ferait-elle ça ?

- Je n'en sais rien.

Jawad prit la photo dans ses mains puis la posa, il fit de même avec l'échographie et les dates écrites.

- Il y a une chose dont je suis sûr.

Je le fixai comme pour lui dire de continuer à parler.

- Daphné a bel et bien un rapport avec Irine. Peut-être même qu'elles se connaissaient ?

- Elles se connaissaient ?

- Joshua, même si tu connaissais parfaitement ta femme, peut-être qu'elle n'a pas voulu te parler de Daphné.

Je n'étais pas convaincu.

- Ecoute moi Josh, nous sommes tous les deux persuadés que la personne qui t'a déposé ces enveloppes soit Daphné.

- Oui, mais ce n'est pas pour autant qu'elles se connaissaient.

- Mais si, elle connait la date de mort d'Irine qu'elle a écrit sur ce bout de papier à côté de sa date de naissance. Elle t'a déposé une photo de nous trois, avec Irine dessus. Ainsi que l'échographie. Toutes ces choses que Daphné t'a donnés ont un rapport avec une seule personne.

- Irine.

Il hocha la tête. Il disait vrai. Il bailla et se remit à parler.

- Sasha t'a écrit sur la lettre qu'il y a quelque chose que tu ignores. Elle parle aussi de Daphné, et elle dit à plusieurs reprises que tu connais la vérité.

- Mais putain Jawad, non, je ne me souviens de rien !

Il tapa mon épaule, respira profondément. Je sentais qu'il allait me dire quelque chose qui ne me plairait pas forcément.

- Dis-moi Joshua ? Tu n'aurais pas déjà rencontré Daphné au paravent ?

-19-

- Non Jawad non, la première fois que je l'ai vu c'était dans mon cabinet il y a seulement un mois.
Enfin, je crois.
- Comment a-t-elle pu avoir cette échographie, comment se fait-il qu'elle sache la date de mort d'Irine et pire encore, comment a-t-elle eu cette photo ?
- Et qu'a-t-elle pu dire à ma fille.
- Sûrement quelque chose de vrai parce que Sasha la croit.
- Et elle est partie à cause de ça.
Je me suis mis à bailler, ça allait faire 24 heures que je n'avais pas dormi.
- Tu devrais dormir Joshua, ça ne va t'aider de rester éveiller deux jours.
- T'as raison, je dois dormir quelques heures mais dès que je suis réveillé on continue les recherches. Quand je serai réveillé vers l'après-midi il ne restera qu'une journée et demi avant les médicaments de Sasha compris ?
- Promis. Je prends la chambre de Sasha, je suis fatigué aussi.
Nous sommes montés et sommes allés dans nos chambres respectives. Je restai une demi-heure dans mon lit avant de fermer les yeux.

;15h25

Je me réveillai tout doucement. Je sors de la chambre, la porte de celle de Sasha était grande ouverte, Jawad devait être déjà réveillé. Je descends les escaliers.

- Jawad ?

Il sortit de la cuisine.

- Joshua ? Tu es enfin réveillé.

- Tu es debout depuis longtemps ?

- Non, une heure ou deux.

- Qu'est-ce-que tu as fait pendant tout ce temps ?

- Je suis allé me chercher quelque chose à manger et j'ai pris une douche c'est tout.

Je me frottai les yeux.

- D'accord. Tu es allé à la boîte aux lettres ?

- Non, vas-y toi.

Je pris la clef et me rendis à la boîte aux lettres.

- Je n'y crois pas !

Je prends le courrier et retourne à l'intérieur de la maison.

- Dis Joshua, tu veux que je te fasse un truc à manger tu dois avoir faim ?

- Non merci Jawad mais en revanche regarde ce qu'il y avait dans la boîte aux lettres.

Il posa la casserole qu'il tenait dans sa main et s'approcha de moi.

- Une enveloppe.

Il écarquilla les yeux, puis les plissa.

- C'est une enveloppe Joshua, oui et ?

- Enfin Jawad ! Une enveloppe, non tu ne comprends toujours pas ?

- C'est seulement une enveloppe je ne vois pas pourquoi tu t'excites comme ça ouvre là c'est tout.

Je me suis énervé.

- Putain Jawad, c'est une enveloppe que Daphné m'a déposée, comme les trois précédentes réfléchis !

- Ah ! Ouvre là alors.

- J'y comptais bien figures-toi.

Je l'ouvre à la vitesse d'un escargot.

- Dépêche-toi Josh !
Il me l'arracha des mains et l'ouvrit.
- Jawad !
Il regarda ce qu'il y avait à l'intérieur.
- C'est encore une photo.
Je la pris et regarda.
- Mais.
- Oui Joshua, il s'agit bien de la fête d'anniversaire de Sasha pour ses quatorze ans. Tu dois sûrement te dire que c'est impossible que Daphné ait cette photo, elle n'était pas présente.
- Sasha a dû lui donner, c'est sûr.
Nous nous sommes assis sur le canapé. Jawad prit la photo.
- Regarde, sur la photo il y a Sasha, toi, moi, Honorine et Hervé, tes parents et aussi son oncle.
- Oui, ce sont toutes les personnes qui étaient là à l'anniversaire.
- Réfléchis Joshua, si toutes les personnes qui étaient là se trouvent sur la photo alors…
- Qui a pris la photo ?
- Et regarde, nous sommes tous occupés, nous ne savions clairement pas que nous étions pris en photo.
- Daphné.
- Sûrement.
- Je ne l'avais encore jamais vu.
- Elle avait tout prévu Joshua, comme dit Sasha dans sa lettre, elle n'est pas venue pour se faire soigner.
- Elle avait quelque chose derrière la tête.
Je regarde de plus près la photo, Les grands-parents sont tous assis à table. Oncle Léopold est assis sur le canapé à côté de Jawad. Quant à moi, on peut me voir debout devant Sasha en train de faire un geste comme si j'étais en train de la disputer. Sasha est en face de moi avec une boîte dans la main.
- Regarde Jawad !

Je lui montre la boîte que tient Sasha.

- Qu'est-ce-que c'est.

Il réfléchit. Ferme les yeux, les rouvrent.

- ça y est je sais. C'est le téléphone que tu lui as offert à son anniversaire.

- Non, regarde la boîte est par terre. C'était quoi le cadeau que je lui ai donné juste avant ?

- Je ne sais plus ça fait longtemps. Mais pourquoi on dirait que tu es énervé sur la photo ?

- Je devais sans doute m'énerver contre Sasha.

- ça y est ça me reviens ! Tu lui avais offert son téléphone et elle avait super mal réagit mais je ne sais plus pourquoi.

- ça me reviens aussi, elle avait changé d'humeur quand je lui avais offert le cadeau de sa mère. Tu sais, la vidéo.

J'ai embrassé Jawad.

- Putain ! Il y a peut-être un indice dans cette vidéo.

- Tu sais où est le CD ?

- Elle l'a gardé dans sa chambre je crois. Viens.

Nous sommes montés à toute allure dans la chambre de Sasha.

- Cherche partout !

Dix minutes après, nous n'avions toujours pas trouver le CD.

- Dis Joshua ? Il n'y a pas un endroit où Sasha cache tout un tas d'objet ?

Je me suis assis sur son lit.

- Non Jawad. Non.

Il s'est assis à côté de moi. Je pris l'ours en peluche de Sasha posé sur son lit et le serra contre moi. Je m'effondre en larmes. Jawad me prit dans ses bras. J'avais lamentablement échoué. Je ne sais pas où se trouve ma fille et il ne reste plus qu'un jour avant qu'elle ne prenne ses médicaments.

- Allez Josh, peut-être que tu te fais du souci pour rien et peut-être même qu'elle a pris ses médicaments avec elle.

- Non, ils sont dans la salle de bain, j'ai déjà vérifié. De toute façon c'est foutu, je ne vais jamais la retrouver !
- Dis pas ça Joshua, on va la retrouver il nous reste une journée entière rien n'est foutu. Allez, relève-toi et on continu à chercher, elle a dû le cacher dans un endroit bien réfléchi.
- Tu as raison.
J'essuie mes larmes et me relève. Je pose l'ours en peluche sur le lit.
Je remarque quelque chose.
- Attends Jawad.
Je reprends l'ours et je m'aperçois qu'un petit bout de fil dépasse de la peluche.
- Regarde, le ventre de la peluche a été recousu.
- Tire sur le fil.
Je tire, une ouverture se fait dans le ventre du pauvre ours.
- Putain ! Elle a mis le CD dedans !
- Prends le et allons vite le regarder.
Je l'arrache du ventre de l'ours, comme si je venais de lui arracher son cœur. Jawad était déjà assis sur le canapé.
- Dépêche Joshua !
Je descends et place le CD en tremblant dans le lecteur vidéo. Ça charge. Pendant que le lecteur détecte le CD, Jawad me posa une question.
- Dis-moi ? Tu te souviens de ce qu'il y a sur la vidéo ?
- Pas tout à fait.
- Joshua ! Ça y est ça marche clique sur Play.

Moment fatidique. Vous voyez dans les films, le moment où l'on va découvert toute la vérité ? Eh bien là, il est fort probable que toute la vérité se trouve dans cette vidéo. Tout d'abord je vais voir le visage d'Irine qui m'est tant inconnu. Peut-être que je vais savoir où se trouve Sasha et peut-être même que je vais me souvenir de tout.

D'absolument tout.

« *PLAY… (vidéo)*

Irine, allongée, Joshua lui tenant la main et tenant la caméra avec l'autre main.

Irine, larmes aux yeux.

- Regarde chéri c'est notre enfant.

Elle montre du doigt l'échographie à sa droite. Joshua se met à pleurer.

- C'est notre enfant ! Je n'y crois pas.

- Notre petit ou petite Sasha.

- Notre étoile va naître.

Irine montre le plafond du cabinet.

- Notre étoile va descendre sur Terre.

Joshua caresse le ventre d'Irine.

- Notre étoile est déjà sur Terre au chaud.

Ils s'embrassent.

- Je t'aime Irine. Je t'aimerais toujours.

- Quand notre petit bébé aura quatorze ans, l'âge où l'on s'est aimé la première fois, on l'emmènera sur le lieu où l'on a donné son nom à une étoile. Sur cette plage, 1992.

Joshua tourne la caméra sur son visage.

- Salut mon bébé, nous sommes le 8 avril 2004, ta maman est enceinte de toi depuis un mois. Nous sommes à la première échographie, nous ne savons toujours pas ton sexe, fille ou garçon on s'en fiche on t'aimera tout autant. Au moment où tu vois cette vidéo, tu auras quatorze ans, on voulait que tu voies ce moment pour te dire que même quand tu n'étais pas plus grand qu'un grain de sable et bien nous t'aimions comme des fous et

que l'on fera tout pour t'offrir la meilleure des vies. Quand ta mère et moi avions quinze ans et étions en vacances ensemble, nous sommes, un soir, allés sur une plage et nous avons admiré les étoiles. Il y avait pleins d'étoiles évidemment, mais il y en avait une qui était plus lumineuse que les autres et c'est là que ta maman a dit « Cette étoile nous appartient, c'est notre bébé, ce le sera en tout cas » et on a nommé cette étoile Sasha, comme toi, parce que tu es une étoile, tu es notre étoile depuis que nous avons quinze ans, tu illumines nos journées comme tu illumines la nuit quand il fait noir.

On t'aime fort. »

20

Le lecteur rejeta le CD.

Je suis en larmes, je n'ai fait que pleurer pendant toute la vidéo, non seulement je sais où est Sasha, mais en plus de tout ça, je viens de tout comprendre, plus rien n'est un mystère. Comme l'a dit Sasha, la vérité, je la connaissais.
Comment ai-je fait pour ne me rendre compte de rien.
Je me lève. J'attrape les médicaments de Sasha, mon manteau. Je sors de chez moi et entre dans ma voiture.
- Viens !
Jawad monte dans la voiture et je me mis à rouler.
- Tu peux m'expliquer Joshua ? On va où ?
- Chercher Sasha.
- Tu m'emmènes sur la plage de 1992.
- T'as tout compris. On va attraper un vol de dernière minute et retrouver Sasha.
- Et vous étiez partis en vacances où ?
- Guadeloupe.
Jawad fit les gros yeux. Oui c'est vrai, c'est loin la Guadeloupe.
- Attends il y a combien d'heures d'avions ? Six ? Sept ?
- Il y a huit heures d'avion Jawad, mais on y sera à temps.

;18h10

- Il est loin l'aéroport Joshua ?
- Plus qu'un quart d'heure.
- Dis Josh ? C'est quoi le nom de famille de Daphné.

- Delange.

Jawad sortit son téléphone chercha « Daphné Delange » dans la barre de recherche.

- C'est bizarre, internet ne trouve aucune trace de Daphné Delange.

Je me tus.

- Tu n'as pas une photo Joshua ? C'est vrai que je ne l'ai jamais vu physiquement.

- Si tu l'as déjà vu.

Je me mis à pleurer.

- Qu'est-ce-qui se passe ?

- Quand Irine était au bloc opératoire je suis sorti de l'hôpital et maintenant je me rappelle être allé dans un bar et après vide total jusqu'au moment ou un homme m'a dit qu'elle était morte.

- Tu ne te souviens de rien ?

- Plus du tout.

- Je peux peut-être t'aider à résoudre ce mystère cependant.

- A ouais ? Comment ?

Jawad se mit à crier et à montrer par la fenêtre.

- Demi-tour Josh ! C'est là l'aéroport !

Je fis demi-tour et me gara sur le parking.

- Cours Jawad ! Suis-moi.

On entre dans l'aéroport et regarde sur le panneau des destinations. Jawad me tapota l'épaule.

- Regarde ! Guadeloupe à 19h. Viens c'est là-bas.

On se mit à courir jusqu'à la file d'attente, il n'y a que deux personnes devant nous. On passe en cinq minutes.

- Bonjour, cartes d'identités, papiers.

- Bonjour, on n'a pas de carte d'embarquement ou quoi que ce soit. Ecoutez ma fille est en Guadeloupe et elle doit prendre son traitement demain sinon elle risque de ne plus pouvoir respirer et mourir ! Je vous en supplie laissez-nous passer !

- Désolez pas de papiers, pas d'embarquement.

Fais chier !

Jawad me poussa.

- Laisse-moi faire.

Il monta sur le bureau de l'hôtesse et cria dans tout l'aéroport.

- Ecoutez moi tous. Vous voyez cet homme, c'est mon putain de meilleur ami ! Il a une gosse qui se trouve en Guadeloupe et qu'il doit retrouver à tout prix. Elle doit prendre ses médicaments demain sinon elle risque de mourir. Sa mère est morte lors de l'accouchement et depuis ce jour la vie de mon ami n'est plus la même. L'hôtesse refuse de nous laisser passer parce que nous n'avons pas de papiers mais nous n'avions pas prévu de prendre l'avion. La vie d'une gosse est en danger et vous n'en avez rien à foutre ! Ça ne va pas se passer comme ça je vous le garanti !

Un homme de sécurité arriva.

- Descendez monsieur.

Jawad descendit.

- Vous avez au moins vos cartes d'identités ?

Heureusement, j'y avais pensé. Je les tends au vigil.

- Très bien allez-y. Mais sachez que c'est seule…

- Merci beaucoup !

Nous nous sommes remis à courir. Tout ce qu'a dit Jawad aurait pu être faux, nous serions tout de même passés.

;18h35

- L'avion est là dépêche !

Je n'avais jamais vu Jawad courir aussi vite. L'agent de sécurité avait prévenu tous les hôtesses et les hommes de sécurité. Je ne sais pas pourquoi il a fait ça, ça devait être un sensible et ce qu'a dit Jawad l'avait touché.

On s'assit dans l'avion. On pouvait enfin souffler.

- Merci Jawad. Merci beaucoup.
- C'est normal.
;19h05

Ça y est, l'avion a décollé.
- Dis-moi Jawad ? Dans la voiture tu allais me dire ce qu'il s'est passé quand je suis sorti de l'hôpital en 2004.
- Oui. Je peux reprendre. Nous avons huit heures devant nous.
Nous avons rigolé et Jawad reprit.
- Quand les sages-femmes t'ont dit de ne pas entrer dans le bloc tu m'as appelé pour me demander de venir. Evidemment je suis venu et nous sommes sortis de l'hôpital, tu m'as dit que tu étais en panique et que tu avais très peur pour Irine. Ducoup je t'ai emmené dans un bar pour ne pas y penser, même si c'était très compliqué. Tu as commencé à boire un verre, puis deux et ensuite cinq tu étais complètement bourré c'est clair. Après tu as commencé à dire n'importe quoi je me souviens. Et puis je t'ai ramené à l'hôpital et je t'ai laissé seul sur une chaise dans un couloir et une femme est venue pour te parler mais j'étais déjà parti.
- Attends ? Une femme ? Mais c'est un homme qui est venu me parler.
- Non, je me souviens parfaitement qu'il s'agissait d'une femme.
- Et nous étions restés huit heures au bar ?
- Non pas du tout, seulement deux ou trois.
J'ai regardé par le hublot. Mes souvenirs étaient complètement faux.
- Jawad, je ne comprends rien. J'ai le souvenir que ce soit un homme qui m'est annoncé le décès et aussi qu'Irine soit restée huit heures au bloc je t'assure.
- Tu étais complètement soûl.

;22h30

Jawad s'était endormi mais pas moi. Je ne lui ai toujours pas dit ce que je venais de découvrir.
- Jawad, Jawad !
- Quoi ? Je dors !
- Bah non là tu ne dors plus.
- Très drôle.
Il bailla et se redressa.
- Il y a quelque chose que je ne t'ai pas dit Jawad par rapport à Daphné.
- Dis-moi.
- Il y a quelque jour j'avais remarqué qu'elle avait une cicatrice au niveau du bas du ventre. Elle n'a pas voulu me dire pourquoi mais maintenant je sais.
- A ouais ? Et alors c'est quoi ?
- Je ne sais pas comment te le dire.
- Eh bien dis le moi c'est tout.
Je pris une pause avant de dire.
- Daphné a été enceinte et l'accouchement ne s'est pas déroulé comme prévu.
- Vraiment ? Comme Irine ?
Je sortis mon téléphone et montra une photo à Jawad.
- Tu disais ne jamais avoir vu Daphné, tiens regarde c'est elle.
Il prit le téléphone, zooma, dézooma.
- Attends Joshua tu t'es trompé ce n'est pas une photo de Daphné que tu me montres, là, c'est Irine.
Je me suis mis à pleurer.
- Je ne me suis pas trompé. Comment j'ai fait pour ne rien remarquer, putain je la connais depuis des années ! Je n'ai même pas réagi quand elle est entrée dans mon cabinet, j'aurai dû la reconnaître.

- Attends Joshua, je ne comprends pas tout.

J'essuyai mes larmes.

- Sur la vidéo, j'ai vu une femme, la femme que j'avais vu dans mon cabinet il y a un mois. Mais j'ai aussi vu ma femme, la mère de mon enfant. Ce sont deux et même personne, Daphné n'existe pas, il n'y a que Irine.

- Daphné est Irine ?

J'acquiesça.

- Putain de merde Joshua tu te rends compte de ce que tu dis ! Tu viens de me dire qu'Irine est toujours vivante.

- J'en suis persuadé. La cicatrice sur son ventre était celle de l'opération pour Sasha.

Jawad prit une couverture posée à côté et la mit sur lui.

- Si elle n'est pas morte alors le 29 octobre 2004, à la maternité, comment ça se fait qu'ils t'aient dit qu'elle l'était.

- J'étais bourré ! Peut-être que je n'ai rien compris à ce qu'ils m'ont dit, peut-être même que je ne suis pas allé dans le bon bloc opératoire et que j'ai fait mes adieux à une autre femme. Et c'est pour ça que je ne me souvenais plus de son visage, j'avais comme seul souvenir le visage d'une autre femme.

- Enfin Josh, ce n'est pas possible, tu as peut-être trouvé des solutions pour tout ce que tu viens de me dire mais l'enterrement d'Irine alors ? Et sa tombe !

J'ai réfléchi, tout me semblait enfin logique.

- Nous n'avons pas enterré Irine ce jour, c'était quelqu'un d'autre. Mais bordel Jawad arrête de vouloir chercher une explication à tout et n'importe quoi, puisque je te dis que Daphné est Irine !

Il était abasourdi, je venais de lui dire qu'une femme que l'on croyait morte depuis quatorze ne l'était finalement pas. La mère de Sasha est en vie, et Sasha le savait ! La lettre de ma fille n'est donc plus un mystère. J'avais reparlé à ma femme il y a un mois et je ne m'étais rendu compte de rien.

- Ecoute Josh, tu as sûrement raison sur toute la ligne, tout est logique maintenant. On va arriver en Guadeloupe dans quatre heures et demi et tu vas retrouver ta fille, tu vas lui donner ses foutus médocs et tu vas retrouver ta femme. Tu vas enfin pouvoir vivre la vie que tu voulais, avec une mère pour ta gosse ! Tu n'arrives peut-être pas à y croire mais c'est réel, Irine est vivante.
- Merci Jawad, c'est en partie grâce à toi.

Il me sourit. Je m'endormi à côté de mon meilleur ami, et demain, dans mon lit, je serai à côté de ma femme. Tout redeviendra comme avant, je vais vivre la vie dont j'ai toujours rêvé. La vie que j'ai toujours imaginée, elle est bien réelle cette vie, et c'est maintenant la mienne.

21

29 novembre 2018
;2h55 soit 19h55 en Guadeloupe.

Les lumières de l'avion se rallumèrent.
- Chers passagers, le commandant vous informe que nous allons atterrir dans quelques minutes, nous espérons que vous avez passé un agréable vol.
- Hey Jawad, on est arrivé.
Il se réveilla doucement.
- Déjà ?
- Déjà ? Tu veux rire ! C'est passé vite parce que t'as dormi comme un bébé !
Mes oreilles se bouchèrent, sensation épouvantable ! Des sons aigus résonnent dans mes oreilles internes. Nous venons d'atterrir.
- Allez mon pote dépêche-toi il faut qu'on soit les premiers à descendre.
- Mais non pas la peine, de toute façon ils sont lents pour les bagages.
- On n'a pas de bagage ! Tu le fais exprès ma parole ? Dépêche !
Nous sommes les premiers à descendre de l'avion.
- Il fait chaud ici !
- C'est normal Joshua, on est en Guadeloupe, même en hiver il fait trente degrés.
Je n'y avais pas pensé, il y avait un détail auquel je n'avais pas pensé non plus, le décalage horaire ! Alors que pour nous il n'est que trois heures, ici il est seulement vingt heures. Par rapport aux médicaments de ma fille ça ne change strictement rien, le temps c'est le temps et même avec un décalage horaire de six heures, ça

ne nous fait pas reculer dans le temps. J'enlève ma doudoune et sors de l'aéroport.

\- J'appelle un taxi.

\- Je vais nous chercher des cafés.

;3h20 (20h20)

\- Tiens ton moka. Alors le taxi ?

\- Il est là dans dix minutes. On va y arriver Jawad ! On y est.

Je le serrais dans mes bras, j'étais heureux !

\- C'est à combien de temps d'ici l'hôtel ?

\- Ce n'est pas très loin, quelques kilomètres, je dirai une demi-heure ?

\- Tant mieux, j'en ai marre de la route.

;3h35 (20h35)

\- Joshua ! Il y a un taxi là-bas, ça doit être pour nous ! Vas-y monte dedans.

Une fois bien installés, le chauffeur demanda.

\- Alors les jeunes qu'est-ce-qui vous amène ici ?

\- Rien d'important monsieur je dois seulement aller chercher ma fille et ma femme sur une plage dans l'hôtel où nous avions passé nos vacances en 1992 avec ma femme.

Il ne répondit pas, c'est vrai quoi, j'ai dit que ce n'était pas important alors que c'est parfaitement le contraire.

\- Dis-moi Joshua ? C'est quoi la première chose que tu vas faire quand tu vas voir Irine.

Bonne question.

\- Je ne sais pas. Je n'ai pas parlé à Irine depuis quatorze ans, je ne lui ai parlé que en tant que Daphné, et c'est carrément différent.

\- Il n'y a pas un moment où tu t'es dit que Daphné te disait quelqu'un ?

- Non, jamais. Mais quelquefois, elles disaient des choses étranges, comme si elle connaissait ma vie depuis longtemps. Maintenant je comprends.

;3h55 (20h55)
- On ne devrait plus tarder. Nous avons un jour d'avance pour les médicaments. C'est magnifique. Je ne pensais jamais y arriver.
- Joshua ? Imagine que Sasha ne soit pas là-bas. Peut-être qu'elle n'est pas sur la plage à t'attendre.
Je ne répondis pas. Bien sûr que si elle se trouve là-bas. La lettre disait que si je découvrais la vérité je serai où elle est. Le CD a été préalablement placé dans le ventre de sa peluche. Irine et moi avions dit que quand elle aurait quatorze ans nous l'emmènerions sur cette plage pour lui montrer son étoile. Elle ne peut être que là-bas.
Jawad ne chercha pas à comprendre pourquoi je n'avais pas répondu.
De toute façon, nous allons le savoir dans quelques minutes.

;4h15 (21h15)
- Excuse-moi monsieur, nous arrivons dans combien de temps ?
Le chauffeur posa le café qu'il tenait dans sa main, s'arrêta à un stop et dit enfin ;
- Ne vous inquiétez pas, nous arrivons dans pas longtemps.
- Tu vois Jawad, on arrive dans environ dix minutes.
Le chauffeur s'arrêta net devant un feu qui venait de passer au rouge.
- Dix minutes ? Mais non mes amis, nous y sommes dans deux ou trois heures.
Jawad me frappa au niveau de l'épaule.
- Deux ou trois heures ? C'est si loin que ça ? Enfin Joshua, tu m'avais dit que ce n'était qu'à quelques kilomètres de l'aéroport.

- Oui, oui Jawad, c'est bien à quelques kilomètres de l'aéroport, il a dû nous faire faire un grand détour.
- J'espère pour toi.

Je regardai dehors par la fenêtre, il fait tout noir, seulement quelques lanternes illuminent les rues. On aperçoit de temps à autre la mer des Caraïbes, quelques personnes allongées sur la plage à attendre le coucher du soleil, tout aussi beau que le levé à vrai dire.
Je me sentais différent, je venais de passer les pires 48 heures de ma vie. Je n'ai à peine dormi et je ne faisais que me noyer dans mes pensées. Lorsque j'ai vu la vidéo d'Irine et moi chez le gynécologue, et que j'ai vu le visage d'Irine, j'ai pleuré. J'ai pleuré parce qu'en la voyant je n'avais pas reconnu ma femme ni même la mère de ma fille, j'avais vu en premier Daphné. Evidemment Daphné n'existe pas, il s'agit d'un faux prénom qu'elle s'est associée. Quand je l'ai reconnue sur la vidéo j'ai compris que c'était la même personne depuis le début, j'avais été aveugle, peut-être que le chagrin que j'ai eu quatorze ans et que j'avais enfin réussi à effacer m'avait fait perdre la tête. Cependant une question me trotte dans la tête.
« Pourquoi a-t-elle fait ça ? Pourquoi a-t-elle attendu quatorze ans pour refaire surface dans ma vie ? Et surtout, pourquoi s'est-elle fait passer pour morte tout ce temps ? »
;5h00 (22h00)

Mon téléphone se mit à sonner. Je répondis.
- Allo ?
- Oui, allo monsieur Paterson, il y a un petit problème par rapport à votre taxi.
Je regardai Jawad.

- Quel problème ? Nous sommes dans le taxi qui nous emmène dans notre hôtel.

Je l'entendis déglutir à travers le téléphone.

- C'est bien ce que je vous dis monsieur, il y a un sérieux problème. Vous n'êtes pas dans le bon taxi, Kewan, le chauffeur, s'est trompé de passagers. Les personnes qu'ils devaient réellement emmenés sont encore à l'aéroport, énervés je comprends. Alors monsieur Paterson, je tiens à vous informer que Kewan ne vous conduit pas au bon hôtel.

Je n'ai pas répondu pendant une bonne minute. Puis j'ai seulement dit.

- D'accord.

Et j'ai raccroché. Jawad avait tout entendu à travers le téléphone, il me tapa l'épaule.

- Tu ne peux pas savoir à quel point je suis énervé comme toi.

- Je n'en ai rien à foutre, c'est la faute du chauffeur, c'est vrai quoi, on ne pouvait pas savoir, il avait qu'à vérifier s'il s'agissait bien des bonnes personnes. Alors il va faire demi-tour et il va nous emmener dans le bon hôtel à Saint-François !

Le chauffeur s'arrêta sur un parking.

- Comment ça vous n'allez pas à Sainte-Marie ?

- Non monsieur, nous, c'est à Saint-François alors vous allez faire demi-tour et nous emmener là-bas.

Il sortit de sa voiture, ouvrit le portes passagers et dit :

- Certainement pas, je n'ai pas fait toute cette route pour rien allez dehors, vous appellerez un autre taxi, mais pas moi.

Jawad m'attrapa le bras.

- On va vraiment sortir de ce taxi ? Qu'est-ce qu'on va faire !

- On va trouver une solution. Viens avec moi.

Nous sommes sortis du taxi et Kewan partit aussitôt.

- Et maintenant Joshua on fait quoi ?

- On va marcher.

- Marcher ? T'es complètement fou !

- on a encore toute la journée avant de donner les médicaments à Sasha, on a le temps de marcher.

- Non Joshua, non ! On n'a pas le temps au contraire. En une journée, on n'a même pas le temps pour retourner à Saint-François. Appelle un autre taxi.

Je refusai, on marchera à point c'est tout.

- Fais comme tu veux, moi je marche.

Je commence à marcher, je fais un signe de la main à Jawad.

- Tu ne sais même pas où tu vas !

Je ne répondis pas, j'étais déjà parti.

- Bon t'as gagné j'arrive !

J'en étais sûr.

;5h45 (22h45)

- Joshua ! On marche depuis trois quart d'heures, je suis fatigué et on ne sait même pas où on va.

Je regardai autour de moi, de vieilles bicyclettes étaient posés sur le coin d'un banc.

- Prends une bicyclette, on ira déjà plus vite et en plus il y a des lumières.

Il n'était pas vraiment partant, je le connais, il n'aime pas prendre des risques. Surtout que ces vélos ont déjà des propriétaires, voler est un crime. Mais laisser Sasha mourir serait pire. Jawad attrapa une bicyclette.

- Allez en route grand fou !

- Merci Jawad !

;6h30 (23h30)

- Joshua, il y a un panneau, regarde où nous sommes.

Je posai mon vélo alluma la lampe sur mon téléphone et le leva en direction du panneau.

- Goyave.

Jawad prit sa tête entre ses mains.

- Encore cinq fois ce qu'on a fait et c'est bon ! Génial.

Il avait dit ça avec un air ironique.

- Je n'y peux rien Jawad.

- Tu pourrais juste appeler un taxi, on y serait en une ou deux heures ! Là on est obligé de pédaler pendant cinq ou six heures alors qu'on pourrait y aller en voiture. Mais monsieur préfère utiliser l'énergie musculaire évidemment.

Je soufflai.

- T'as gagné j'appelle un taxi.

Il venait de retrouver le sourire. En même temps le pauvre Jawad n'avait rien demandé.

Le soleil commence à se lever et les étoiles à disparaître.

J'appelle un taxi.

- Allo, oui, nous avons eu un problème de taxi et celui-ci nous a déposé au bord de la route de Goyave, on aurait besoin d'un autre taxi pour aller à Saint-François.

- Combien vous êtes ?

- Deux.

- J'arrive dans vingt minutes.

Il raccrocha. Je pris Jawad dans mes bras.

- On va y arriver !

;6h45 (23h45)

Un taxi arriva. Le chauffeur sortit de la voiture.

- C'est vous qui m'avez appelé ?

- Oui, c'est nous, on n'a pas de temps à perdre.

Nous montons dans voiture et le chauffeur commença à rouler.

Jawad me dit :

- Joshua, je vais dormir un peu tu me réveilles dès que l'on est arrivé.

C'est reparti pour quelques heures de routes. Je regarde le ciel, noir, rempli d'étoiles. En France métropolitaine, le soleil doit sans doute être levé, le ciel qui pourtant est le même qu'ici doit être quant à lui, sans étoile. Je me dis que même si toutes les étoiles sont imperceptibles la journée, elles sont toujours là. C'est plutôt fou non ? Quand j'étais petit j'avais posé une question à ma mère, une question atypique qu'aucun gamin de dix ans ne pose. Je me souviens parfaitement que je me trouvais assis, sur mon canapé, à regarder le reportage animalier que mon père avait mis en zappant les chaines de télévision. A ce moment-là j'ai demandé à ma mère.

- Pourquoi un jour l'homme se sent-il obligé d'aimer une femme et de fonder une famille avec de peur de se sentir seul ? Tout comme les animaux ! Mais dis maman, on est obligé de tomber amoureux un jour ? Et si je ne tombe jamais amoureux d'une femme, ça fait de moi quelqu'un d'inhumain ?

Elle m'a répondu.

- Tu sais chéri, personne ne peut te dire de qui tu vas tomber amoureux, mais le jour où ça va t'arriver tu ne pourras pas expliquer ce que tu ressens, tu le sauras au fond de toi c'est tout.

Elle n'avait pas vraiment répondu à ma question.

Et dire qu'aujourd'hui je suis heureux grâce à deux femmes. Daphné et Irine, deux personnes complètement différentes et pourtant dans un seul et même corps.

Vous imaginez ? Quatorze après la mort de votre femme, vous apprenez que tout n'est que mensonge et qu'elle est bel et bien vivante.

Je n'imagine même pas la réaction que Sasha a eu lorsqu'elle l'a appris. Et voilà où j'en suis, il est sept heures, et minuit ici, je suis dans un taxi guadeloupéen qui nous mène à Saint-François en direction de la plage où je vais retrouver ma fille et ma femme que je croyais morte.

Drôle de scénario n'est-ce-pas ?

22

;7h30 (minuit 30)

- Joshua, Joshua !
Je me réveille doucement, c'est la voix de Jawad.
- Qu'est-ce qu'il se passe ?
- On est arrivé à l'hôtel.
Je me relève sur le coup.
- Vraiment ? Déjà ?
Jawad éclata de rire.
- Non c'est une blague, excuse-moi c'était vraiment trop tentant.
Je ne sais pas ce qui me retient de foutre mon poing dans la tête
de ce petit menteur.
Le chauffeur s'arrêta sur un parking. Ça avait bien tout l'air d'être
le parking d'un hôtel.
- Excusez-moi monsieur, où sommes-nous ?
Il se retourna, sourire aux lèvres.
- Vous êtes arrivez messieurs.
Jawad me regarda l'air inquiet.
- Ce n'est pas possible monsieur, nous venons de faire moins
d'une heure de route. Il me semblait que c'était plus long ?
Le chauffeur souffla et nous montra une pancarte avec écrit
dessus :
« A vos risques et périls, vous n'en ressortirez pas tout blanc »
Ce slogan tient la route. A vrai dire, je la connaissais déjà cette
phrase.
Le chauffeur reprit.
- Comme je l'ai dit, vous êtes arrivés chers passagers. *Ovwa*
comme nous dirions en créole, au revoir.
- Il a raison Jawad, on est arrivé.

Nous descendions de la voiture. Je restais une bonne minute à observer l'hôtel.

- ça va Joshua ?

Jawad sait parfaitement quand je ne vais pas bien, il me connait. Il s'assit par terre au plein milieu d'une place de parking.

- Assieds-toi. Allez, viens.

Je m'assis à côté de ce vieux fou. Il posa sa main sur mon épaule.

- Je sais que c'est compliqué pour toi, tous ces évènements inattendus qui viennent de tomber sous ton nez sont tous les uns que les autres effroyables pour toi. T'as même dû croire que tu rêvais, je comprends. Mais ce n'est pas maintenant que tu dois baisser les bras, tu te rends compte que nous sommes en ce moment en Guadeloupe, on a réussi à entrer dans un avion sans papier, sans rien, sans billet, c'est le monde à l'envers ! Eh bien pourtant on y est, on a juste à aller sur cette putain de plage et retrouver ta fille et ta femme. Alors on va se lever et tu vas m'emmener jusqu'au lieu et tout va redevenir parfait dans ta vie.

Je le fixai pendant quelques secondes.

- Mais j'ai peur. Quand je vais revoir Irine, je ne verrai pas ma femme, mais je verrai Daphné.

- C'est vrai que c'est assez étrange pour toi ça, ta femme qui est morte est revenue dans ta vie sous une autre identité et tu ne l'as même pas reconnue. Et là tu as appris qu'il s'agissait bien de ta femme et qu'elle n'est pas morte. On ne trouve ces histoires que dans les romans et les films !

Il se leva et attrapa ma main pour me soulever.

- Tu m'emmènes Joshua ?

A ce moment précis, je regardai Jawad, je me dis ; Il est beaucoup trop gentil, c'est à la limite de l'impossible. Je sais bien qu'un ami vous trahira un jour où l'autre, il va vous reprocher des choses que vous n'avez pas fait et cela va vous blesser. Dans une amitié, il y a toujours l'aimé, et celui qui aime. A votre avis, lequel trahira l'autre en premier ?

Sasha a connu ça aussi, il n'y a pas longtemps, à sa rentrée de troisième même. Elle avait un ami, voir son meilleur, ils étaient proches depuis deux ans. Vraiment inséparables ces deux-là. L'un ne pouvait pas vivre sans l'autre et inversement. Pourtant, un jour, il lui brisa le cœur. Elle l'aimait tant, elle me parlait de lui tous les jours. Eh bien, pourtant, il l'a poignardée dans le dos. Un lundi, il ne la regardait plus, l'avait repoussé lors de la traditionnelle bise matinale, et l'avait même ignoré toute la journée. Le soir elle m'en avait parlé, triste, innocente. Le lendemain, elle était revenue à la maison en larmes. Elle tenait un bout de papier dans sa main, des méchancetés étaient écrites dessus, toutes, de son meilleur ami. Des choses qu'un véritable ami n'oserait jamais dire. Il l'avait pourtant fait. Sasha passa la semaine sans lui parler. Le vendredi, leur amitié était finie. Dites-vous bien que le dimanche, ils s'aimaient. Le lendemain, il ficha tout en l'air et accusa Sasha. Il était aimé, et elle l'aimait.

Elle m'avait dit ce jour ;

- C'est pire qu'une rupture amoureuse, je l'aimais tellement, plus que tout au monde. Il a tout foutu en l'air et c'est moi qui paie.

Jawad ne m'a jamais poignardé. Le ferait-il un jour ?

Je le regardai et lui dis ;

- Est-ce-que tu tiens à moi ?

- Evidemment.

- Est-ce-que tu m'aimes ?

Il fronça les sourcils, pour deux hommes amis, oui, c'est étrange.

- Oui, je t'aime beaucoup Joshua.

Je venais de comprendre quelque chose ;

J'étais l'aimé, et Jawad était celui qui m'aimait.

Je le poignarderai un jour où l'autre. Alors pourquoi pas aujourd'hui ?

Je me retournai et me mis à courir à tout allure.

- Joshua ! Mais pourquoi tu pars ?

Il se mit à courir après moi.

Il m'avait pourtant aidé vous diriez-vous. Je fuis par peur. J'ai peur de la vérité. Je suis effrayé à l'idée de retrouver une belle vie, avec ma femme morte depuis quatorze ans. Qui finalement, a toujours été là.

Je réussi à semer Jawad parmi les cocotiers et les palmiers. Mon téléphone sonna.

- Allo ?

- Oui, bonjour monsieur Paterson, police nationale.

- Que se passe-t-il ?

- Nous tenons à vous informer que nous avons retrouvé la bague de votre fille ainsi que les noms des coupables.

Je pris un temps de réflexions. La bague ? Evidemment ! A vrai dire, je ne pensais plus à ce petit bijou.

- Oui, la bague de ma fille.

- Nous avons mis en garde à vue trois des hommes mais le quatrième a disparu, nous allons faire notre possible pour le retrouver.

- Vous avez les noms ?

- Non, confidentialité désolée.

J'ai raccroché. Pour l'instant la bague de Sasha m'apporte peu.

- Joshua ? Tu es là ?

La voix de Jawad, évidemment. Je me cachai derrière le tronc d'un palmier.

- Putain mais Josh ! Tu te fous de moi.

Ce n'est rien d'une blague cher ami.

- Je suis sûr que tu es là.

Je suis derrière ce palmier abruti.

- Je comprends que tu aies peur mais tu crois vraiment que c'est le moment de partir en courant.

Mais qu'est-ce-que tu crois Jawad ? Je suis effrayé je ne contrôle plus rien.

- Sors de ta cachette Josh.

Si seulement je pouvais.

Le téléphone de Jawad se mit à sonner. Il répondit.

- Allo ?

Silence total. Il prit sa tête entre ses mains.

- Putain de merde. Comment ça je suis arrêté par la police ?

Il raccrocha et jeta son téléphone à terre.

- Ils m'ont retrouvé les flics ! Mais pourquoi j'ai volé cette bague ?

Je sortis de ma cachette.

- Jawad c'est toi qui as volé la bague de Sasha ?

Il sursauta. Il souffla.

- J'ai une très bonne explication !

- Attends tu es en train de me dire que tu es rentré chez moi pour saccager ma maison pendant que Sasha était avec son copain durant son anniversaire ?

Il baissa les yeux.

- Pourquoi t'as fait ça ? Pourquoi ?

- Ok. Je vais tout t'expliquer.

Et si finalement c'était lui l'aimé, il vient de me poignarder. Me voler, voler ma fille. Me mentir, me trahir.

- Ecoute moi Joshua, je n'étais pas censé te le dire mais je savais qu'Irine était vivante depuis quelques mois.

Pardon ? Répète ! Comme un couteau planté dans le cœur.

- Elle est venue me voir et m'a expliqué pourquoi tu pensais qu'elle était morte. Tu étais complètement saoul et tu n'avais pas compris un seul mot de ce que t'avais dit la sage-femme. Alors tu t'es trompé de salle et tu as fait tes adieux à une inconnue ! Irine voulait te revoir et elle est passée par moi. Je lui ai dit de passer dans ton cabinet mais elle a tellement stressé qu'elle t'a fait croire qu'elle avait un problème avec sa mère et comme elle sait que tu es atteint de thanatophobie elle t'a dit qu'elle avait peur du changement, de la mort pour te toucher intérieurement. Elle m'a demandé de ne rien te dire car elle devait le faire elle-même. C'est là qu'elle m'a demandé la bague de Sasha, elle m'a demandé de la voler car elle voulait avoir un objet de sa fille. Ensuite, avant de s'enfuir, elle est allée parler à Sasha, elle lui a tout raconté, t'imagines le choc. Irine est ensuite partie et elle te déposait des enveloppes dans ta voiture pour que tu comprennes la vérité toi-même. Avant d'aller à l'aéroport j'avais déjà acheté des billets d'embarquement, ne crois pas que l'on a réussi à passer grâce à mon discours sur le bureau de l'hôtesse, ils étaient au courant c'est tout. Je ne t'ai pas vraiment aidé Joshua, je savais déjà tout.

J'hésite entre le serrer dans mes bras ou lui foutre un coup de poing en pleine figure. Poignarder est le mot juste.
- S'il-te-plaît Joshua vient avec moi sur cette plage pour les retrouver.

Sur quoi d'autres m'as-tu menti Jawad ?

;8h30 (1h30)

- Je pensais que tu m'aidais mais finalement tu faisais semblant de découvrir de nouvelles choses alors que tu savais tout. Bon comédien.
- Irine m'avait demandé de rien te dire.
- Irine t'avait demandé de me faire du mal ?
- Elle avait peur, tu comprends ?
Je baissai les yeux.
- Tu n'as pas envie d'aller voir ta fille et ta femme sur cette belle plage où vous avez passé une bonne soirée dans le bon vieux temps ? Est-ce-que tu te sens prêt Joshua ?
Une larme coula sur ma joue avant de s'éclater sur le sol.
- Est-ce-que j'ai le choix ?
Jawad se leva et me dit soudain énervé :
- Après tout ce qu'on a fait pour y arriver, tous les obstacles que l'on a passés, que tu as passés ! Tu penses vraiment que tu n'as pas le choix ? Enfin ! Réfléchis, tu as surmonté tout ça jusqu'à présent, tu as pris un avion de dernière minute pour venir sur une île, tu n'as pas dormi depuis des jours parce que tu as tout fait pour savoir où elles se trouvent ! Joshua, tu n'es pas obligé d'y aller mais si tu as fait tout ça, ce n'est pas pour que tu abandonnes et laisse tomber ta famille. Elle t'attend là-bas au bord des vagues. Tu as une décision entre les mains. As-tu envie d'une fin heureuse ?
Il se retourna et disparut parmi les cocotiers.
J'ignore comment va-t-il faire pour rentrer mais pour l'instant j'ai plus important à faire que de penser à Jawad. Il ne me servait plus à rien. Il a joué son rôle jusqu'au bout puis il est reparti. Et comme dans les bons vieux romans, il est parti en laissant un dilemme, en

laissant un suspense pour que les lecteurs se mordent les lèvres à l'idée de ne pas savoir la suite, et de devoir attendre le prochain tome qui ne sortira que dans un temps qui semble infini.
Je m'allongeai et m'endormis.

;10h50 (3h50)

Le bruit des vagues de la mer me réveilla. J'ai fait un rêve. J'étais seul dans un décor complètement blanc, il y avait une lueur au loin, une voix aussi, douce, apaisante. Elle me disait de venir, de traverser cette lueur qui me propulserait dans le passé, pour que le présent n'existe plus. Être le maître du temps et pouvoir revenir en arrière. Eh bien pourtant, dans mon rêve, j'ai refusé. Je viens de comprendre pourquoi j'en ai décidé ainsi.
Si le passé n'existait plus nous ne serions pas qui nous sommes. On évolue grâce à nos erreurs faites au paravent. Si ma vie est ainsi c'est qu'elle devait l'être ! On ne peut pas penser à ce qu'aurait été notre vie autrement, parce que notre vie est comme elle est et on n'y peut rien.
C'est peut-être ça la réponse. Je ne devrais pas avoir peur mais je devrais foncer les retrouver, plus vite se sera fait, plus vite nous pourrons rentrer. Sasha pourra enfin vivre avec ses deux parents et moi avec ma femme.

Seulement,
Je ne suis plus amoureux d'Irine, après tout ce temps, je l'aime toujours mais je ne suis pas amoureux. Ce que j'essaie de dire c'est que ces derniers mois j'ai passé du temps avec une merveilleuse femme qui m'a fait oublier mon chagrin, qui avait réussi à rendre mes journées plus joyeuses, je vivais enfin.
Effectivement, je suis tombée amoureux.
Tombé amoureux de Daphné.

Daphné n'existe pas me diriez-vous, mais alors avec qui ai-je passé ces derniers mois ? Sûrement pas Irine.
Irine est partie de ma vie il y a maintenant quatorze ans, Daphné vient d'y entrer.

Mais après tout, je me sens prêt à vivre avec Daphné, prêt à faire d'elle la maman de Sasha.
Au fond, Daphné ou Irine, ça reste la femme de ma vie.

Je me levai et marchai en direction de la plage, je suis prêt ?
Je crois oui. Je laisse mes jambes me guider. Les médicaments de Sasha sont dans ma poche, je n'ai plus de soucis à me faire.

Je marche le long de la mer, le sable commence à rentrer dans mes chaussures.
J'aperçois des ombres au loin.
Elles ? Sûrement.
Le vent caresse ma peau.
Une larme coule le long de ma joue.
Une larme de bonheur.
Je regarde une dernière fois la mer en me disant.

- Et si pour une fois la fin était heureuse.

A la meilleure des mamans

Si la fin était heureuse,
Avec ou sans toi

© 2021, Louis, Laureline
Edition : Books on Demand,
12/14 rond-Point des Champs-Elysées, 75008 Paris
Impression : BoD - Books on Demand, Norderstedt, Allemagne
ISBN : 9782322192090
Dépôt légal : avril 2021